在路上，
邂逅最好的爱恋

冯妙 著

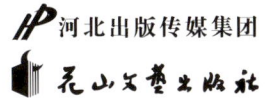

河北出版传媒集团

花山文艺出版社

图书在版编目（CIP）数据

在路上，邂逅最好的爱恋 / 冯妙著 . — 石家庄：花山文艺出版社，2014.12
ISBN 978-7-5511-1876-7
Ⅰ . 在… Ⅱ . 冯… Ⅲ . 随笔—作品集—中国—当代 Ⅳ . I267.1
中国版本图书馆 CIP 数据核字 (2014) 第 298177 号

书　　名：*在路上，邂逅最好的爱恋*
著　　者：冯　妙
责任编辑：李　爽
责任校对：李　伟
封面设计：博雅工坊
出版发行：花山文艺出版社（邮政编码：050061）
　　　　　（河北省石家庄市友谊北大街 330 号）
销售热线：0311-88643221/29/35/26
传　　真：0311-88643225
印　　刷：北京航天伟业印刷有限公司
经　　销：新华书店
开　　本：787×1092　1/16
印　　张：20
字　　数：198 千字
版　　次：2015 年 6 月第 1 版
　　　　　2015 年 6 月第 1 次印刷
书　　号：ISBN 978-7-5511-1876-7
定　　价：38.00 元

（版权所有 翻印必究·印装有误 负责调换）

目录
Contents

在路上，邂逅最好的爱恋

自序 我需要与人结伴，更多时候独自一人

01 伦敦：影片里的爱

011 / 伦敦雾，致命美

013 / 伦敦城，很悠闲

019 / 泰晤士河畔的诉语

022 / 为爱守秘的温莎城堡

025 / 剑桥，旧回忆

02 神奈川：相见恨晚的文艺梦乡

031 / 所到之处都是美

036 / 下一站，横滨

040 / 遇见一场樱花雨

046 / 镰仓，古佛无言樱自开

050 / 箱根，"七汤八里"疗养地

03 巴黎：一席流动的盛宴

056 / 美丽心世界

058 / 巴黎圣母院，石头的交响乐

061 / 埃菲尔铁塔，工业文明时代的怪物

068 / 当卢浮宫遇见紫禁城

072 / 巴黎歌剧院，从未停止过笙歌

077 / 没有塞纳河畔就没有巴黎

04 哈瓦那：一杯浓烈的朗姆酒

082 / 一场自由奔放的舞宴

086 / 那幸福的闪电告诉我的

089 / 最浪漫的事，就是在古巴看海

091 / 只是，为了寻找海明威

05 香港：记得这俗世里的爱情

100 / 总有人黑着眼眶熬着夜

101 / 维多利亚公园的菲佣

104 / 铜锣湾，爱上这个名字

106 / 在中环遇见浪漫

110 / 弥敦道的浮生半日

113 / 太平山上的波兰少年

116 / 走，到半岛酒店喝下午茶

目录

06 上海：醉在迷蒙中的夜晚

124 / 一座老洋房，一场旧梦

128 / 这里没有798，只有田子坊

131 / 人民广场，跨世纪的沧桑

133 / 外滩，让夜上海成为一道风景

07 乌镇：也许只能怀念

138 / 抵达的路

140 / 乌镇的表情

144 / 西栅的夜

146 / 来过，便不曾离开

150 / 似水年华红酒坊

08 丽江：不制造艳遇是可耻的

154 / 恋在被放逐的时光里

158 / 古城夜，夜丽江

161 / 束河古镇里的柔软时光

166 / 玉龙雪山，雪与天齐

09 阳朔西街：不可解的毒药

170 / 一座安逸的城和一条繁华的街

174 / 散落在阳光里的西街

179 / 今夜，热闹是西街的

182 / 寻找心里的乐园

10 凤凰：一点点醉意，一点点忧虑

190 / 为了你，我已等候千年

193 / 抵达便已心动

195 / 沱江，悄悄地我来了

199 / 虹桥，百年修行百年孤独

201 / 陈斗南古宅院

204 / 沈从文故居

206 / 古城楼下的寻梦者

208 / 杨家祠堂

11 稻城亚丁：纯洁如童话

214 / 最后一个纯洁的地方

217 / 途经仙鹤之乡

221 / 一念慈悲

226 / 油画般的乡村

231 / 仙乃日，仙境之中忘了归处

232 / 藏族服饰的传说

12 西藏：邂逅背包女孩儿

240 / 给我一片蓝天洁白的想象

243 / 坐上了火车去拉萨

246 / 西藏里的小江南

249 / 心中的布拉达

253 / 特色一条街

255 / 格日尼院的刹那禅意

258 / 日喀则残缺的温柔

13 墨脱：艰险路上才能遇真情

268 / 穿越生死才能抵达的洁净

270 / 从派镇到拉格

274 / 拉格—汗密—背崩

279 / 朝圣终点

281 / 雪山怀抱里的宠儿

自序

我需要与人结伴,更多时候独自一人

德国作家黑塞说,"旅行就是艳遇"。

我一个人,看过太多的人,看过太美的景,也尝过太复杂的滋味,所有的故事都和旅行有关。

一座城,两个人,一段情。

只是因为在人群中多看了你一眼,你永远不知道,在什么地方,什么时候,会遇到人群中的那个她。或许只一眼,就知道是他。

如果没有遇见,那就独自去看风景吧!

在旅途中,我相信:因为背负着不为世人理解的爱甘愿去奔赴的女孩儿;有着传奇般爱情故事的船夫;坐拥平淡生活却要在这平淡中活出新鲜的情侣;甚至是在日光下晒太阳的慵懒的猫……这些一刹那间的邂逅带给我的惊动,是生命中除细水长流外的另一种启示。

每一颗跳动的心,都有一个自己的世界,里面住着美好与想象。

每一处动人的风景,都有自己的秘密,任由风吹雨打,也任由惊叹艳羡,兀自在亘古的日出日落里守口如瓶。

每一个坚定远行的脚步,都有来路与去处,在寂静的无名与因循里,踏过恒河沙数的岁月。

于是,我们便在恒常的如树叶一般繁茂的日子里,怀揣上了两下里的浓愁:一个是关于故乡,一个是关于远方。

故乡是回不去的眺望，远方是到不了的梦想。

于是，离开那个日日梦牵魂绕的故乡，暂别曾经梦想中而今终于落脚的地方，去旅行，成为披着放逐外衣的归依，借此，我们得以回望与追溯。

于是，去行走，去看，去记得。忘记年轻的样子，变成理想中的自己，邂逅一个人，与他牵手走路，不问世界的尽头。

为了这些无关爱情却让人动容的邂逅，我都是一个人。一个人订机票，一个人住酒店，一个人安排旅游线路。在这条迂回曲折的时间轴上，每一个可能都那么的偶然却必然。仿佛一切际遇都是为我而发生，它们等在那里，等我路过，等我看见，等我明白，等我懂得……

看到过这样一句话："女孩儿在30岁前，不论结婚没有，都至少'任性地'出走一次，到一处一直向往、可以宠爱自己的地方，花掉一些钱，换取一些华丽的记忆，好为将来生命中可能遇到的困顿，预先铺好可以蜷卧哭泣的柔软床垫。"

我想，我做到了，我不止出走了一次。

这么多年来，我都是独自一个人。但我又不是一个人，因为，此刻你捧着我的这本书，细细地读着里面的每一个字的时候，我知道，那些旅途中的日日夜夜，我并不孤独。

01

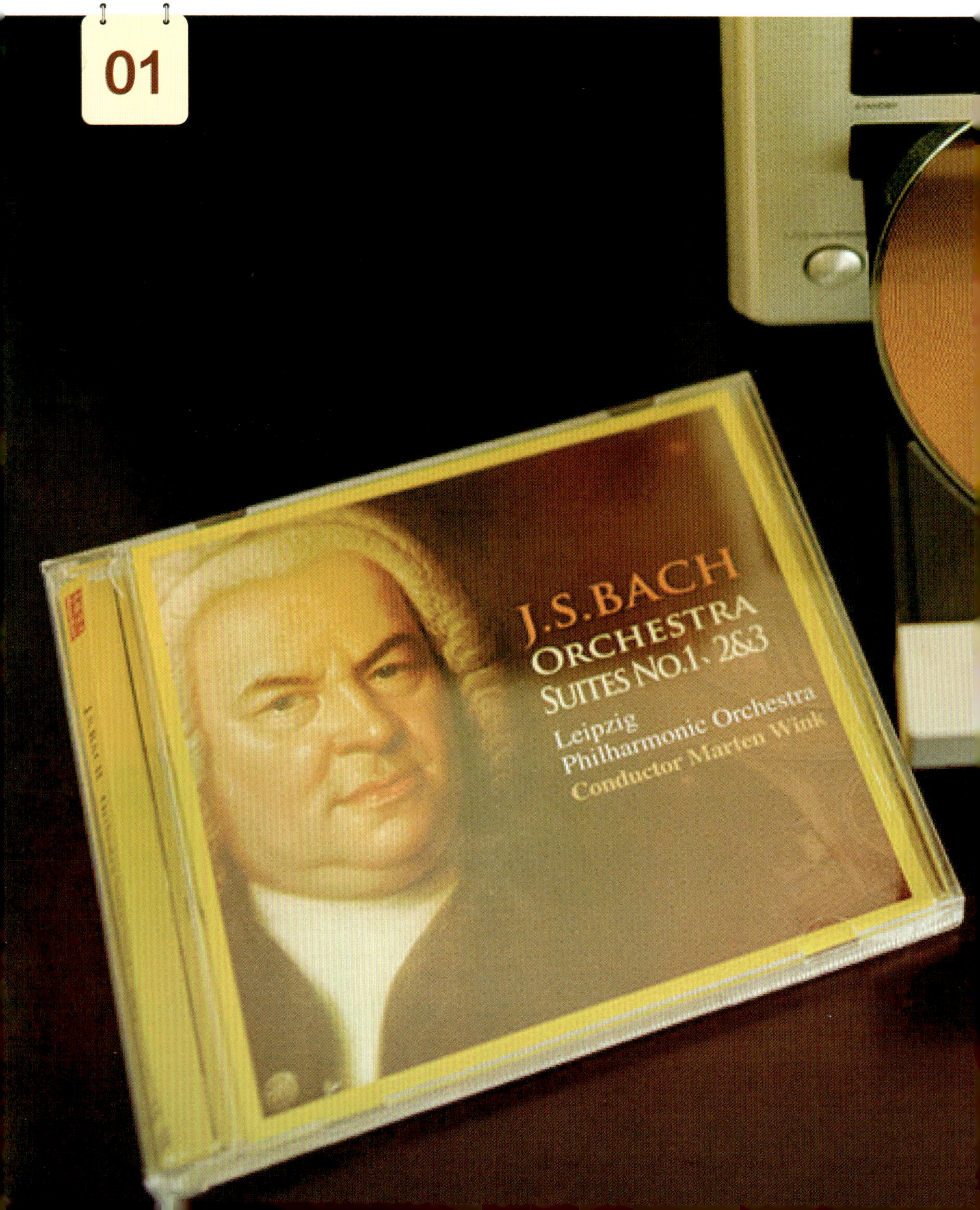
J.S.BACH
ORCHESTRA
SUITES NO.1、2&3
Leipzig
Philharmonic Orchestra
Conductor Marten Wink

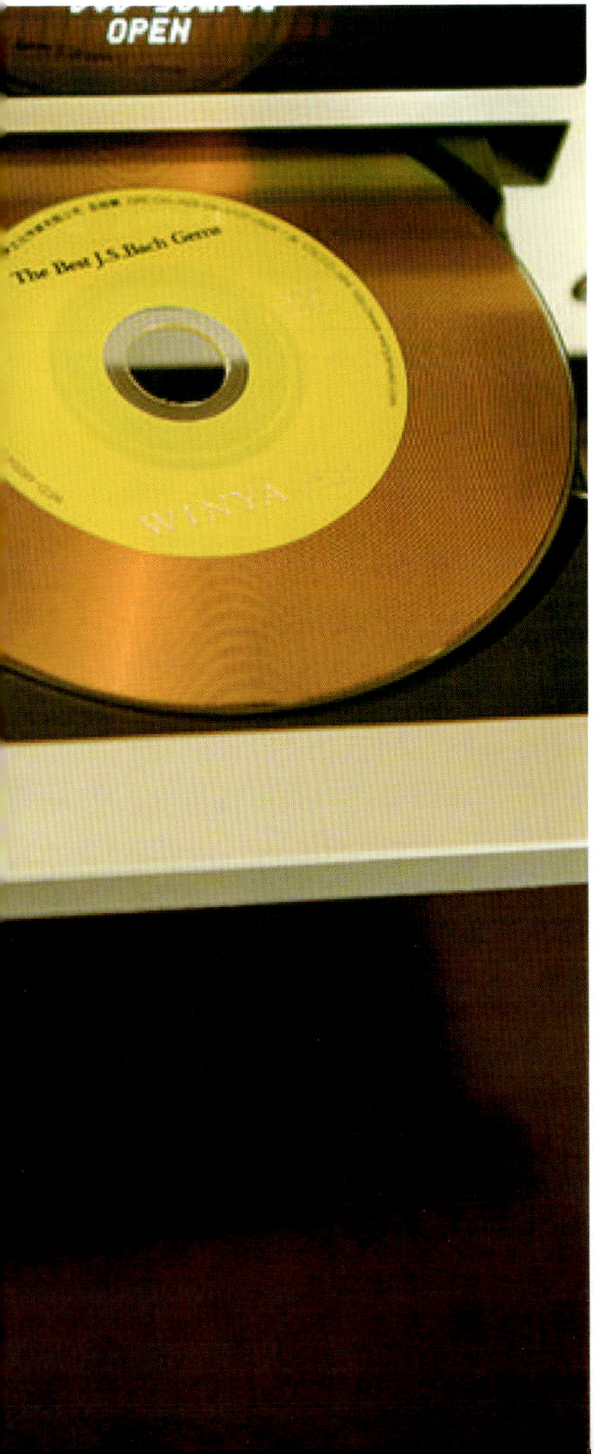

伦敦

影片里的爱

泰晤士河依旧不分昼夜地流淌，
滋润着英伦大地。
咖啡飘散过香味，
世界都只是回忆。

还记得那康桥吗？
我在找你的那个故事里，
你是不能缺少的部分。

伦敦雾，致命美

曾经，我的英国老师Nicol对我说："如果人生只有一次去欧洲的机会，就去英国吧，即使厌倦人生，也不会厌倦伦敦。"

Nicol的话勾起我对伦敦所有的想象，随手放上一曲《Devilinme》，想象中给伦敦罩上终年不散的浓雾。

多少个日子里，每每闲暇，我都会循环播放它的几十首背景音乐——清一色的英伦古典摇滚，《Straycatblues》、《Devilinme》、《Comeseeme》……

脑海里会闪过电影里的不同画面：播放到《Subterranean Homesick Blues》时，我想起夏洛特在房间画自己曾经梦想在伦敦有一个"家"。《The Green Fairy》的调调响起来时，我想起米奇与夏洛特在夏洛特家的那次长谈。

夏洛特问米奇："怎么成了罪犯？"

夏洛特说："我想知道我死后的照片会值多少钱。"

……

电影《伦敦大道》为我的旅行开了篇。

没有赶上雾，我却赶上了连绵的秋雨，我脑海里狄更斯笔下的《雾都孤儿》，此刻正笼罩着伦敦，充满了质感、落拓，又矜贵。

我把风衣的领子立起来，缩起脖子来抵挡这深秋的寒。过往的行人就这样在雨中，亦没有打伞。此刻，我能感觉到睫毛都是湿漉漉的。

正当我看着脚下溅起的泥水时，我撞进了一堵伟岸的胸膛。我抬头，一位拿着雨伞，穿着风衣的男子就在我的身旁，淡黄色的鬈发，精致的五官，修正干净的边幅，还有那地中海风情的蓝色眼眸。如果硬要说出不足，那就是没有我想象中英国绅士的那一撮小胡子。

正当我看得入迷时，一句纯正而又礼貌的"Are you okay?"让我意识到了自己尴尬。"Oh——I'm OK." 我操着纯正的中式英语回答。

"Can I help you?" 他继续那磁性的伦敦腔。

不知过了多久，"余下的只有沉默。"

我惊惑，"你是在叫我？还是在背莎士比亚？"我不禁又抬眼直视，这英气逼人的脸。

"我喜欢莎士比亚，但我更喜欢中国的诗词。此刻，有一首诗：

江雾霏霏作雪天，樽前醉倒不知寒。

后堂桃李春犹晚，试觅酥花仔细看。"

"Oh, my god!"

"are you like？ balabala..." 他始终绅士，又说了很多，中英参半。

其实，我想说的是，你是想要找我练口语，还是真的对中国文化狂热化，还是，觉得，我长得还可以……

但面对他潇洒的气度，当他问我名字的时候，我还是很配合他。

"名字有什么关系？把玫瑰花叫作别的名称，它还是照样芳香。"我用莎士比亚的话来回应他。

这是一场愉快的相遇，我喜欢那种不做作而又爽朗的人，就像校长Strong说的那样:"他最看不惯两点,一是明明两个中国人,在电梯里却用英语讲话,学了点洋文,连自己的祖宗都忘了!要么,中国话都不会说了,转洋调,蹦洋文。二是,中国学生用英文跟他讲话,他不知是想锻炼他的听力,还是想练口语。"

Strong 早年留学英国,可还保留了那种真,让很多人喜欢他,包括我。

而我也讨厌,在非上课时间跟我说英文的同学,在旁人看来他们或许积极上进,而我反感至极。我不喜欢把有限的时间浪费在讨厌的人身上,更不想被他们影响,所以我只跟对的人讲话。

在这深秋的英伦里,爱上这样温暖的拥抱。

想起 Nicol 也经常跟我讨论中国的诗词,想起 Nicol 在万圣节扮演的《暮光之城》里的吸血鬼,或许我们都觉得,对方就是对的那个人。

一如眼前人,不管做什么,都是对的。

此刻,只有这样一句:伦敦雾,致命美。

伦敦城,很悠闲

还有什么能比在一个阳光明媚的早晨,吃着熏肉、煎蛋、炸面包片喝一杯咖啡这地道英国早餐更好的呢?唇齿之间还残留着早餐那杯香浓拿铁的味道,我已出发去牛津街闲逛。

在牛津街附近转了一圈下来,发现衣服的码数要比国内的大一些,胖瘦还好,只是偏长,更何况,连小号都很少见。大概是欧洲人体形偏高大吧,像我这种南方身材,在伦敦扫货,总是很难买到合适的衣服。

伦敦在物质上也是奢侈的,牛津街上某一段全是奢侈品店。这里有必要说一下,英国周日的晚上,商场都是 18:00 关门的,所以想逛街扫货的朋友提前做

014　在路上，邂逅最好的爱恋

好安排吧！

到一个陌生的城市，得会坐地铁。

花7.8英镑买一天的票，在地铁门口领取一本免费手册，就可以随意去到任何想去的地方。

在威斯敏斯特站下车，出地铁过马路就能看见大本钟。

早就听说大本钟跟上海外滩的钟一个样儿，到了伦敦亲眼见到后，只是建筑材料的不同，连到点播放的时钟声音跟上海原先外滩外白渡桥附近英国建筑群的钟播放的声音都一模一样！

"BigBen"作为伦敦的一个标志已经深入人心，很多著名的经典就在它的周围。根据格林尼治时间每隔一小时敲响一次，至今将近一个半世纪，尽管这期间大本钟曾两度裂开而重铸，但现在大本钟的钟声仍然清晰、动听。

右边走几步就是著名的威斯敏斯特教堂，是威廉王子举行婚礼的地方，英国很多重要活动基本上都在这里举行，教堂雄伟漂亮，门口的草坪人群拥挤，想要拍个无人全景都比较困难。

顺着Victoria路，走路大约15分钟，就是白金汉宫，广场上人山人海。这里，就是经常在电视中看到的王子、王妃走出来招手的地方。

听英国本地人讲，要知道女王在不在宫内，要注意看白金汉宫上边的旗帜，如果旗帜在空中飘扬，则说明女王在家。

门口有好多警卫，没地方站，也没地方拍照，警察还会赶人。更不能到里面参观，只能在门外隔着栏杆匆忙拍张照，留念。

虽然只有一步之差，却是皇家与平民的距离。

围墙里面，那些著名的近卫军纹丝不动地伫立着，这薄薄的一层围墙作为防御将宫殿与外界隔开。看到这个场景，嘴里面就不自觉地哼出了蔡依林的那首

《日不落》。

　　白金汉宫的换岗仪式是必看项目，一般在上午十一点半，很隆重，人超级多，只远远地拍了照片。记得一定要从前面的大道走过去哦！两边是茂密的树荫，不时有四轮马车走过，感觉穿越到了18世纪。

　　站在广场上看皇家卫队换岗，就跟北京天安门升旗一样，很是特别。一个如此发达的国家里，皇室却依然有着如此超然的地位，感受英国皇家的风情，戴着高高的帽子，在那里走略显奇怪的步伐巡逻。

　　领略了皇家的威严后，坐地铁到海德公园，在这里晒晒太阳，感受一下宁静。

　　靠近海德公园西北角，就是著名的诺丁山。曾经，电影《诺丁山》，用一个普通人和一个好莱坞大明星相爱的浪漫故事，让多少人患上了"诺丁山梦"。

　　在这异国风味浓厚的街区，各色人种齐聚一堂，有富人也有穷人；不同背景、有着极大差异的两个人也能互相吸引,所以不难相信,在这里,每天都上演着不同的爱情故事,诺丁山就是这么诱人。

泰晤士河畔的诉语

为了感受一下"国宝"红色的双层巴士,花1.4英镑,坐到下一个目的地,泰晤士河。

当有些寒气的风吹向我的脸颊时,我知道这条英国的母亲河到了。此时,夜已深,泰晤士河两边架起的伦敦眼正在放着光芒。

沿着河畔走向伦敦眼下面的码头,坐船可直接抵达伦敦塔,看到著名的塔桥。在《冲上云霄2》的第一集,就看到何年希坐在塔桥边,那种感觉一直很令我憧憬!

晚上的风更大了,这时候的泰晤士河依旧和往常一样不知疲倦地流淌着,连同一切过眼繁华与萧索一并注入北海。可你看那河上的每一座桥,河面上的每一寸倒影,河畔的每一栋建筑,每一株

在路上，邂逅最好的爱恋

植物,每一个行人,甚至广场上每一只鸽子,都有着一段属于自己的独一无二的故事。

那些故事,属于每一个在这里生活过,邂逅过,停留过,笑过,哭过,爱过,恨过的人。这些故事,想要拥有,除了需要一双善于倾听的耳朵之外,还需要有第三只眼睛:一双是自己的,另外一只是伦敦的。没错,伦敦眼。

看到《速度与激情6》里老是出现的伦敦塔桥和伦敦眼,瞬间激动起来。

这个世界首座,曾经也是这世界上最大的观景摩天轮,高高地耸立于泰晤士河南畔,宛如贝兰斯区倾其全力托起的明珠,它睁着它的大眼睛,调皮地望着泰晤士河北岸的威斯敏斯特宫与大本钟。

站在桥上,看大本钟,国会大厦,泰晤士河形成完美的景色。

给了伦敦这一只独具的慧眼的,是一对建筑师夫妇:马克和巴菲尔德。座舱缓缓上升。伦敦,这座曾经让我魂牵梦绕的城,渐渐从轻纱半掩,变成了颔首微笑,触目可及。那首勃朗宁夫人的诗《我是这样爱你》一句一句地涌上心头:

"我是怎样地爱你,诉不尽万语千言,我爱

你的程度,是那样高深和广远,恰似我的灵魂,曾飞到了九天与黄泉,去探索人生的奥妙,和神灵的恩典……"

匆匆走过一座又一座城,以为自己不会再想着停留,但这一刻,却渴望风景看透后的细水长流。

心中那首古典的诗歌与眼里这繁华都市的夜景,让我结束了今天疲惫但是却令我永生难忘的旅行……

为爱守秘的温莎城堡

迎着阳光,赶到Victoria长途汽车站乘坐702绿线巴士,到达爱情里的童话城堡——温莎城堡。

温莎城堡是皇室的私人行宫,离伦敦没多远,就是因为城堡背后那个浪漫的爱情故事才决定去的。

温莎城堡是英国皇室的度假城堡,其所在的温莎市也是英国的首富城市,是英国的富人聚集区,英国最著名的贵族学校伊顿公学也在那里,美丽优雅的环境超级适合选择一个阳光明媚的日子游览。

当今女王伊丽莎白二世的幼年就是在这里度过的,她常常领众多随从来此度假、过周末。特别是在王室喜庆的日子里,以及圣诞节等重要的节日,女王便会选择在温莎城堡设宴,举行隆重的庆祝活动。在英国上流社会,人们都以能够参加温莎城堡举行的盛典而感到骄傲。

它也是伊丽莎白女王最喜爱的居城之一。它之所以盛名远播,完全是因英王爱德华八世为其所爱的人而毅然放弃了王位所致,致使"不爱江山爱美人"的故事传颂千古。

故事是这样的:爱德华邂逅了已经结过两次婚的有夫之妇——辛普森,他被

她高雅的气质和美丽的容貌深深吸引，而辛普森也无法抗拒爱德华的魅力，坠入了爱河。

只是面对爱妻和现实——他们的爱情是英国国教所不能允许的，英国的公众更无法容忍国王迎娶这样的女人，在江山和美人中，爱德华跟随了自己的心，于是，宣布逊位，降为温莎公爵。他们走入婚礼，然后在温莎城堡中甜蜜地厮守了数月，才去法国定居，直到老去。

我想莎士比亚所说的："因为她生得美丽，所以被男人追求；因为她是女人，所以被男人俘获。"就应该是这么理解的吧。

温莎城堡的正门不让进，只能从旁边的手门进出，但也不能走太远，如今女王依然住在这里，没有谁可以打扰女王休息。

与温莎城堡里的豪华气派相比，温莎城堡内另一个爱情故事却更让我动容。

维多利亚女——曾经创造了日不落帝国的辉煌，在她的丈夫艾伯特死后，这个深情的女人再无华服，这个钟情的女人用了整整40年，来缅怀离去的爱人，而且，这个女人在执政的空余时间总是要到温莎城堡里的艾伯特教堂与亡夫喃喃细语。

爱，是一个永恒的话题，温莎城堡有爱而更加温情。城堡为爱守着秘密，而我为你守着唯一。这正说出了维多利亚的心里话。

查尔斯当年也是在温莎城堡与戴安娜相遇，而如今，戴安娜王妃已经离开，我曾经在杜莎蜡像馆看到这样让人心伤的一幕，查尔斯和卡米拉一家其乐融融地伫立在一起，而戴妃则一个人远远地望着自己曾经的家。

这是一段"爱美人不爱江山的"爱情佳话。

从城堡走到海边，面向大海，全是酒吧，复式的阁楼，景色至美。在这里享用美食，感受皇家风范，不虚此行。

剑桥，旧回忆

"寻梦，撑一支长篙，向青草更青处漫溯，满载一船星辉，在星辉斑斓里放歌。"

在徐志摩迷梦一般的诗里，一支拨开康河里荇草的长长木篙，一曲月朗星稀之夜的明亮的曲子，一场随波逐流的漫溯，成为我寻找剑桥的回忆。

古老的建筑，古老的街巷，翻开一本旧书，地上掉落的褪色树叶，一个已经开始泛黄的梦，行走的每一步都是美好的，每一处建筑都在述说着一个古老的故事。

黄昏时分，坐上一叶小舟，如曾经某一天的徐志摩一样，穿行在康河的柔波里。

撑船的小伙儿用船桨划破青波，我独自坐在船头，任晚风吹起我的头发。

脑子里闪过徐志摩，想他当年，怎样半眯着眼睛，歌唱"河畔的金柳"和"夕阳中的新娘"。

船桨激起潺潺水声，岸边鸟鸣啁啾，岸上行人点点身影，这流动的风景，美如画卷，连我自己，也在画中。

是的，"在康河的柔波里，我甘心做一条水草！那榆荫下的一潭，不是清泉，是天上的彩虹；揉碎在浮藻间，沉淀着彩虹似的梦"。

这样的诗句，实在太美，美到我们或许会被柔软击中。

于是，便不经意间绕行，怕被揉碎在这垂柳下，怕真的甘心蛰伏在这柔波里,做那条随波微漾的美丽轻盈的水草……

穿行在河上,经过一座座的桥,总会不知觉地寻找,到底哪一座才是徐志摩的康桥呢。

小伙儿如知我心一般,竟主动跟我聊起了徐志摩,行至即将接近连接国王学院的三孔桥时,他指着它说:"瞧,就是这座桥,便是徐志摩的那康桥。"而且,他是用还算周正的中文讲的。我觉得有趣,微微一笑,其实我知道徐志摩的康桥,只是到现在并无定论,而寻梦康桥,早已不是只属于中国人的浪漫了。

就算是这座桥吧,这座古朴典雅的三孔桥,它的风格倒是与我心中徐志摩林徽因愉悦相伴的场景很贴近呢。

聊天中,我知道小伙儿是地地道道的剑桥人,在剑桥大学上学,周末就来这里打工,他旁边的女朋友是他的同学,好一对情投意合、志同道合的浪漫情侣,一如当年16岁的徽因初遇24岁的徐志摩。

除了《再别康桥》,徐志摩还有另外的两篇,只是甚少为人所知。正如某些明星,演了很多角色,或许并未被人们所知晓,直到某一天,某个角色,一朝成名,便会被人永远铭记。

徐志摩曾三次来到剑桥,相应的也分别三次写下关于康桥的诗歌或散文。

1922年,徐志摩在英国完成一年的学习,回国后写了长篇叙事诗《康桥再会吧》,也就是在这之前的一年中,林徽因随父游历欧洲,与徐志摩相识相知。

1922年春天,徐志摩和林徽因结伴同游剑桥。"据当年徐志摩后来在国王学院担任院士的英国人罗伯逊爵士的同学回忆说,林徽因特别喜欢剑河上的一座桥,至于哪座桥,老人记不得了,但老人却记得徐志摩每天都陪林徽因在桥上或散步或伫立,后来学生们只要看到他们两人在桥上,就宁可绕路也不忍心走过去,生怕打扰了他们。"

离别时,"康桥,再会吧;我心头盛满了别离的情绪,你是我难得的知己……"

我想象着徐志摩的样子,冲着康河挥一挥手,作别"西天的云彩"。

"轻轻的我走了,正如我轻轻的来。"

心里涌起一阵伤感,不是对于徐志摩,而是另一个埋葬在许多人心目中的一个痛,那便是翁美玲,俏黄蓉。她曾在剑桥上学,最后她的香冢也留在了这里。

我在这里徘徊许久,其实心里还有一点盼望,就是想是否能为她献上一束洁白的茉莉花。最后,却还是打消了这个念头。

有些感情,还是放在心里就好。

我承认,我爱上了这份优雅的沉溺,特别是在雨中,漫步在庄园、古堡,或者就是一处无垠的坡地,脚下是永远绿色的青草。

我甚至爱上了伦敦的绵绵秋雨,让那些古典更古典,四下里静到没有一点动静儿,远处的房子里竟然还冒着炊烟,特有的黑脸山羊如雕塑般一动不动,大概几百年甚至更远的时间里,一直都是这样的吧。那一刻,仿佛就走进了历史,走进了简·奥斯丁,或是勃朗特姐妹的著作里。

它总是触动你内心最柔软的那个地方,让你暗涌,暗涌!华丽地暗涌!

就像塞缪尔说过的:"如果你厌倦了伦敦,你就厌倦了生活;因为生活可以给你的一切,那里都有了。"

在路上，邂逅最好的爱恋

02

02 神奈川：相见恨晚的文艺梦乡

相见恨晚的
文艺梦乡

他有一种很奇妙的深度，
曾经帮我打开一扇门，
而那扇门，自从打开后，
所有文艺的、梦幻的、熟悉的、陌生的，
全都扑面而来。
不管外在的世界如何变化，
文学，漫画，影视剧，
更有一种"相见的恨晚，
相爱的太慢，
进退让我两难"的感觉。

多年前，看过一部片子叫《情书》，多年后，依然记得这样一个场景：冬日里的冰冷空气像肆意蔓延的孤单钢琴曲。她轻轻推开虚掩着的木门，看见挂着的白色窗帘随风轻摆。窗台上安静的男孩，捧着一本《追忆似水年华》，明亮得耀眼。

他叫藤井树，他叫藤井树。

后来才知道，他是原著作者兼导演岩井俊二。

再后来，许许多多碎片般的记忆，使得日本，在我的心中以十分多样的面目出现。

读渡边淳一时，日本是一个沉浸在男欢女爱、无半点野心的边陲小镇；读川端康成时，日本是蹙眉捧胸伤春悲秋的游吟诗人；看宫崎骏时，日本是一张明媚的彩色图画；看抗日剧时，日本是一个拿着刺刀杀人不眨眼的刽子手；而当我看过一幅幅写实、写意的浮世绘时，日本又是一个捻须挥毫的时光老人，经历过成长的阵痛，为年少时代的莽撞付出过代价，经过岁月的洗礼终于成为智慧的化身……

而我知道，不管是对于一个人也好，还是对于一个地方，当你对于他（它）的感情越来越复杂，令你自己也看不透彻时，不妨，闭上眼睛，回想你第一次与他相见时的情景……

于是，在我决定去日本旅行的时候，我又重新搜出《情书》这部唯美的片子，好将我对于日本的印象初始化到最美好的状态。

直到那些似曾相识又觉得陌生的电影中的场景，再一次呈现在眼前时，我才知道，岩井俊二其实是一个魔法师，能够让观众隔着这么多年的荏苒光阴，抚去多年来心头的蒙尘，轻易地回到那一段美好如一的初恋。

所到之处都是美

一个人旅行，可以不必随旅行团沿途追赶风景，也不怕友人的喜好不一而无法通行。于是，那种微妙的宁静又扑面而来。

当初看完《非诚勿扰》，我一度想，以后若是去日本，一定要去北海道找秦奋忏悔的那家教堂，还要去看那大片大片的向日葵，但一个为了游客而将自己打扮得花枝招展的城市，就像一个蓄谋已久的摆拍姿势，太过刻意反而失去了情趣。

此行的目的地是神奈川。翻开彩色的神奈川地图，仿佛一只傲然挺立的神兽。横滨是首，川崎是冠，镰仓是腹，丹泽是山，足柄是背，三浦是前足、箱根、小田原、阳河原/真鹤是后足，而奥相摸·县央，便是神兽背上所负载的风水宝地。用水笔在神兽上，画下一条直线，经过横滨、镰仓、箱根，贯通首尾。

抵达成田机场，就已来到东京，于是，我决定留宿一晚。于是，下飞机后，我径直去了大都会大饭店，放下行李，就迫不及待地想要去看看浅草寺、皇居、二重桥、银座等地方。

或许是"乱花渐欲迷人眼，浅草才能没马蹄"这两句诗太过深入人心，一直以来，我一听到"浅草寺"的名字，都无来由地觉得这三个字，蕴含着些许诗意。

可其实，这座东京都内最古老的寺庙，不论从它的历史，还是建筑来说，都让人生出一种庄严的崇敬感。

相传，在推古天皇36年(628年)，有两个渔民在宫户川捕鱼，捞起了一座高5.5厘米的金观音像，附近人家就集资修建了一座庙宇，以此来供奉这尊佛像，这就是浅草寺。

032　在路上，邂逅最好的爱恋

02 神奈川：相见恨晚的文艺梦乡

其后该寺屡遭火灾，数次被毁。到江户初期，德川家康重建浅草寺，使它变成一座大群寺院，并成为附近江户市民的游乐之地。除浅草寺内堂外，浅草寺院内的五重塔等著名建筑物和史迹、观赏景点数不胜数。每年元旦前后，前来朝拜的香客，人山人海。

还未入得寺院，寺院的大门便已映入眼帘，门前悬挂着一个硕大的灯笼，上书两个黑底白边的醒目大字"雷门"，着实气派。视线再近一点，可见雷门入口处左右两尊神将，威风凛凛，他们就是风神和雷神。因为对日语半懂不懂，我极难确定为什么在雷门入口处，要摆风神的像。这座门的全名叫"风雷神门"，是日本的门脸，也是浅草的象征。

雷门是942年为祈求天下太平和五谷丰登而建造的。几经火灾焚毁，后于1960年重建。

我想，这么些年来，人们是为了祈祷风调雨顺和五谷丰登而供拜这两座

02 神奈川：相见恨晚的文艺梦乡

神吗？

出得浅草寺，我来到了素有"东京心脏"之称的银座。银座与巴黎的香榭丽舍大街、纽约的第五大街齐名。相传，这一带从前还是海，德川家康治下填海造地，这个地方才成为铸造银币的"银座役所"。

在这个东京最繁华、格调最高雅的商业中心，吸引着如我一般的游客前来游逛与采购。

在银座逛到腰酸背痛之际，原本计划在东京要去玩的其他地方统统作罢。

心里带着些许的遗憾，上了酒店的公车。可还是要安慰自己，神奈川还在前面。

下一站，横滨

拖着行李，登上JR东海道线。半小时左右，便来到横滨站。

虽然全程只有30分钟，第一次坐客运铁道，而我的脑海里，居然全是《千与千寻》里那个无面男的画面。

《The sixth station》的曲子盘旋着。抵达格兰国际大饭店时，已近中午，将行李撂在酒店便出发了。

山下公园、丝绸博物馆、横滨中华街、三溪园。这一天，基本上全是游园之旅。

山下公园是一个糅合着古典与现代美的地方。

站在这里，可以眺望海湾大桥和穿梭于港口的船只所构成的现代特有的浪漫景色，同样，也能看到穿着红鞋子的女孩雕塑和她代表着的美好故事。

我穿行在公园里。

我想说，我要来公园里是为了找我想找的东西，可我却不急于问路，任由每一个无意识的步伐把我带到公园的任何一个地方。

若说我是漫无目的地游走，可我心里却明明期待着遇见点什么。

对，我就是在找穿红鞋子的女孩。

远远地，我望见这尊铜像的时候，这个铜像里的女孩似乎望着来来往往的船只。

我凝神许久，卞之琳的《断章》脱口而出：

你站在桥上看风景/看风景的人在桥上看你/明月照亮了你的窗子/你温暖了别人的梦/我之于穿红鞋子的女孩/比之看风景的人与看看风景的人/何如？

我想起曾经看过的一幅横滨旅游宣传照：穿着红鞋子的姑娘在眺望着一艘大船，画面上配的是很多日本大都会唱的童谣"红鞋子"。翻了很多资料，再加上

谷歌翻译，终于拼凑出了红鞋子的歌词：

"穿红鞋的姐姐，被老外带着，从横滨坐船走了。现在那姐姐是不是变成了蓝眼睛，是不是还在遥远的国外。每次看到红鞋子，每次遇到外国人，我都这么想着。"

哦,我终于明白,这个女孩,是在等着,等着有一艘船,来载着她和她的嫁妆,去那梦想的乐园。

而与红鞋子女孩的寓意相互映衬的,是那艘排水量12000吨远洋客轮冰川丸,据说,这艘制造于1930年的船,长期执行着横滨—西雅图的客运业务。许许多多的年轻女孩都是坐着这艘船远嫁他乡的。

听公园里一位中国导游介绍,在经济落后的国家,外嫁是不少女孩寻找幸福的手段之一。

我突然想起,在遥远的中国西北部云南,有个摩梭人的族群,那里的婚姻习俗,竟和这里远嫁的风俗完全相反。途径与手段也不同,但都是为了女子的幸福。

不知道为什么,每到一个地方,或者每看一本书,一些古老的传说以及一些世代沿袭下来的风俗习惯,或者一些再平常不过的虚构故事里,但凡涉及女人命运的,我都会被深深地打动。比如那时候读《挪威的森林》时,我便在看到描写直子哭的那段时红了眼眶;看《东京日和》时,深深地喜欢上荒木阳子……

就像此刻,我定定地站在这个红鞋子女孩的铜像前驻足许久。

然后，脑海里盘旋着的问号，却始终没有答案：这样一桩称心如意的婚事，是谁替她们寻得的呢？上船的头天晚上，姑娘是对于未来幸福生活的期待多一点，还是对于亲人的不舍更多一点呢？女孩会乖乖地跪坐着让母亲给盘起头发吗？而那个看着自己青春的女儿要走他乡的母亲，今后要怎么打发没有她们的日子呢？而母亲们给她们都准备什么样的嫁妆呢？她们嫁的最远的地方是哪里呢？她们过得幸福吗？有生之年，她们还能回来探望自己的家人吗？

想到这里，心底袭来一阵伤感，为了那一个个想象中的眉目多情的日本年轻女子的离乡背井。

彼时，我不知道我那股对于远嫁女孩忧切的心疼劲儿是从哪里来的，我甚至不顾那首歌谣里透出的女孩们对于远嫁的期待，而自顾自地替她们担忧起来。

直到我回到北京，在某次半夜醒来无法入睡的时候，摸着黑点燃一支烟，突然就想起那时我在横滨的山下公园，站在铜像前徘徊着久久不去那一刻的心境，而同时，我脑子里想起的是一个叫作"巧巧"的女孩。这才找到了答案。

想来，是我在潜意识里把"巧巧"的命运强加到了那些日本女孩的身上。

巧巧是严歌苓《谁家有女初长成》里的人物。被一系列所谓的亲戚、熟人，从母亲手里花"高价钱"买走。可高价能有多高呢？也不过只有一千块而已。便是那一千块钱，让平生未曾见过那么多钱的巧巧母亲盲了双眼，任由自己原本心比天高的女儿，经由人贩子几经欺骗，一沦而为命比纸还要薄的悲剧……

而那天，我竟望着那个女孩的铜像，在那里站到了将近日暮时分才缓缓地走出了公园。

在回酒店的路上，可以见到充满怀古情调的红色公交车，后来才知道，这公交车是从樱木町出发，在港未来地区、中华街、山下公园和丘公园之间巡行一周。重点是，人们给这种公交车，取了一个十分讨巧的名字："红鞋"。

我不禁会想，这红色的公交车与那公园里穿红色鞋子的待嫁女孩是有什么样的关系呢？

遇见一场樱花雨

在横滨的第二天，我去了三溪园、横滨红砖仓库、横滨宇宙世界。

在来日本之前，我觉得日本是一个动漫之都、科技之都，但我从来没想到，来到这里，我居然还能欣赏到别具一格的园林艺术。

三溪园便是一个日本式的庞大庭院。

由原三溪所开设。他是以生丝贸易起家，同时狂热地爱好着美术。

也难怪，日本从古即崇尚园林艺术，能拥有这样一个私家庭院，必得有雄厚的财资以及过人的艺术天赋。

可惜的是，没赶上三溪园一年一度的赏梅会、赏月会、菊花展。

但仍然可以说是不虚此行了。

三溪园内拥有横笛庵、东庆寺、佛殿、松风阁、归春阁、月华阁、听秋阁、塔霞堂等许多日式建筑，大部分是从日本各地搬迁过来的重要遗迹，并具有珍贵的艺术、历史研究价值。庭园内芳草萋萋，四季鸟语花香，与古色古香的历史遗迹浑然天成，相得益彰，将日本的庭园设计艺术展现得淋漓尽致，也使它成为艺术家、文学家广泛交流的胜地。

我曾经流连于江南的园林，也许是受了中国传统中庸之道根深蒂固的影响，中国南方系的园林内精巧的布局与设计，蕴含着一种节制的美。

而三溪园则不是，那是一种毫不加节制的美，仿佛造物在画布上画完了世间所有的景时，彩色的墨用得节俭，画布上却独独只剩下了这一块空白，于是，他便将所有的节余悉数泼洒至此。

如若不是这样，怎么会有那么浓烈的色彩？仿佛你随时会被这倾泻下来的色彩所覆盖，你甚至会担心窒息在这无边无沿的浓郁之中。

或者你觉得，浓烈时即使兑上很多很多的水稀释了后，也依然能够美得让人

02 神奈川：相见恨晚的文艺梦乡

哑然。

一路信步闲行，来到一处空着的屋子。它不像亭子独独一顶立在山间，八角飞檐有将飞的灵动；又不像游廊，蜿蜒曲折里让人想到"山重水复疑无路，柳暗花明又一村"。

所以，只能叫它屋子。

再普通不过而已，但是，八字屋顶的前面，竟然落满了花瓣。我有些为这景象惊呆了。

一阵风吹过，屋后看上去已经很有年头的樱花树上，扑扑簌簌地，白色的、粉色的花瓣，随着风起舞，有一大片仍然落脚在那屋顶上。

我情不自禁地唱起来："刚刚风无意吹起，花瓣随着风落地，我看见多么美的一场樱花雨……"

多少美妙的句子，我们原本唱着、吟诵着、习以为常着，直到有一天，真的见到了或者体味到了这句子里描写的场景，这才能发现它真正的美。

而这般普通的屋子，在绿树的掩映下，在层层花瓣的衬托下，竟生出一段天然的韵致来。

是那种古时候的高人，见过世事沉浮后，寻一处僻静山林，搭茅屋一两间，日日沐雨听风，煮茗吟诗的去处。

曾有多少风流雅士，戴着斗笠披着蓑衣，踏过幽绿苍苔，绕过阶下稻草遗穗中咕咕觅食的鸡，敲开这样的一扇门，然后与屋子的主人把酒话桑麻……

当然，想到这样的场景，我竟自嘲地笑了笑。想，毕竟这是一个极富的人家里才有的，如果出现我脑子里想的那些情况，那也着实地有些附庸风雅了。

在木屋里静坐片刻，继续闲逛至花荫深处。时不时能看到被亲友簇拥着着婚纱与礼服的年轻男女，在樱花树下灿烂地笑着，而摄影师则不停地要求他们换个pose。

人比花美啊，我感叹道。

02 神奈川：相见恨晚的文艺梦乡

如果说三溪园的美是富于生气的，那么，横滨红砖仓库想来应该是沧桑美了。

初听到这个名字，脑子里便闪过老家那废弃工厂的一座座红砖的老旧房子。

而当我沿着海滨前行，红砖墙仓库的全貌映入眼帘时，我便知道我错了，我将之想象得古朴有余，时尚不足了。

这是一处既古朴又时尚的红色砖体建筑。

她面向横滨港而立，依托着整个城市优雅的氛围，成为横滨标志性的建筑之一。这就是闻名遐迩的横滨红砖仓库。

这个有着近百年历史的仓库，在经历从繁荣到衰落的沧桑之后，得益于良好的保存和修缮使得重新焕发了生机。

红砖仓库始建于1911年，因其红色的炼砖瓦外墙而得名。据说当时的明治政府为配合刚刚兴建的横滨新港码头，建设了这个日本最先进的示范仓库。仓库分为并排的一号仓库和二号仓库两座，二号仓库安装有当时日本最早的电梯、避雷针和消防栓，而一号仓库内至今仍保留着当年使用过的电梯。仓库建成后作为横滨港的贸易集散和物流基地而快速繁荣发展起来，在几经地震和战争的洗礼后，红极一时的红砖仓库也于1989年完成了她半个多世纪的使命。

废弃后的红砖仓库不再繁华，她只有静静地伫立，默默地守望着横滨港。

在许多日本人的记忆中，20年前的红砖仓库是"外墙满是涂鸦、四处一片荒凉"的萧条景象。她的存在仿佛向人们诉说着昔日的风采。

而现在，原二号仓库已成了二号馆，汇聚了时装、饮食、特产、精品店等众多各具特色的时尚店面。

原一号仓库也成了一号馆，内设有多功能大厅和共享空间用于承办各种活动。欧式风格的内部构造非常适合各种艺术类展览，不过这还并非是它的唯一功能。许多艺人的现场演唱会、音乐会、歌舞剧、戏剧也会在此上演，经典电影的上映场次在此处也非常高，有时还举办一些有趣的展示会，港口仓库的粗犷和流

02 神奈川：相见恨晚的文艺梦乡

行元素的完美结合让这里成为充满自由想象和创造的文化空间。

在两栋仓库的中间地带形成了一个宽阔的中心广场。应季节的不同，广场会被装点得绚烂多彩：春季的花海、夏夜的星空、秋日的啤酒乐园、冬季的溜冰演出。广场的尽头就是美丽的横滨港，湛蓝的天空，一望无垠的海面，海上白色的游轮，和这古老又现代的红砖仓库相映成趣，加之周围树木郁郁葱葱，好一幅古雅别致又不失时代风韵的美景。

在海风的吹拂下漫步其间，那份惬意和悠闲真的超出了我的语言表达能力范围之外。也好，若是你也来了这里，你自能体会一番我当日的心境了。

我是带着十分不舍的心情离开红砖墙仓库的。

悠闲地逛完一园一库，我已经不想再去逛其他地方了。

镰仓，古佛无言樱自开

因为旅途劳顿，我睡得十分踏实。第二天自然醒时，也不过日本时间八点。吃完自助早餐后，于是，收拾行李，checkout。

进入横须贺线，从横滨到镰仓站。办理入住后，依然原路返回，乘横须贺线至北镰仓站。

开始我的镰仓第一站：圆觉寺。

如果说，横滨的重点是游园，那么，镰仓的重点便是游寺。

圆觉寺、东庆寺、净智寺、八幡宫、高德院……因为镰仓是古都，所以，这里应说是"寺庙之乡"。

出得北镰仓站，往前大概走了50米，便来到了圆觉寺。

圆觉寺的大门悬地而建，整体的木质结构，由12根粗壮的立柱撑起。飞檐凌越，梁柱上的雕刻细腻工致。整个大门，在参天古木的掩映下，透着一股凛然。

花300日元买了门票，进入寺庙。

寺庙里，有一座仿唐建筑样式的舍利殿，名叫日佛庵。

看到名字，我脑子里第一个闪过的，便是川端康成的《千只鹤》，据说，这部

名著里所提到的背景，便是这里。

在这里，花500日元体验一回日本茶道。

说来感触颇深，毕竟茶道本是从中国渡洋而来到日本，可，日本对于饮茶艺术的发挥，却几乎到了让中国人叹为观止的地步。

"菊治喝完茶，欣赏了一下茶碗。这是一只黑色的织部茶碗，正面的白釉处还用黑釉描绘了嫩蕨菜的图案……这蕨菜的嫩芽，很能映出山村的情趣，是合适早春使用的好茶……"

《千只鹤》里关于茶道的描写，一丝丝浮上脑海。

于是，我也点了一杯茶。

然后看着茶道师傅精湛而纯熟的技艺。

在我发呆之际，一杯醇香的茶，早已摆在了我的面前。

几杯香茶下肚之后，我神清气爽地，又钻进了这清凉的世界中。

寺庙建筑的四角飞檐在一片树叶的翠绿与树干的乌灰里，若隐若现。

　　而大光明宝殿高高耸起的门楼上，上书的"大光明宝殿"都是完全的汉书。中国建筑与文化的踪迹在这里随处可见。

　　我信步穿行在幽林古刹中，一座石碑映入眼帘。一水的汉字，上书：居士林。

　　我凑上前去，读旁边的小字儿，之中夹杂着日文：在家修行者云云，坐禅道场云云。

　　沿着石碑左边平缓的台阶拾级而上，可见一处十分像普通家庭住宅的大门，上又书"居士林"，想来，这里便是带发修行的居士，日常诵经礼佛的地方了吧。

　　沿着来路继续往前，斑驳的青石板路右侧摆着一个指示牌，上书"百观音"，原来这里是方丈庭，里面摆着不相同的百个观音像。百观像前面都堆着日元硬币。

　　听说，圆觉寺里安葬着日本一代电影大师小津安二郎。他的电影里所呈现出来的日本的那种美，倒是和圆觉寺的美颇有些相衬。也难怪，这位大师和他的母亲一直住在北镰仓。

但我并没有太过刻意地去寻找圆觉寺里的陵园，心想，倘若随意走着，遇到了便去瞻仰，遇不到，也不强求。

佛门圣地，我从来都是怀着一丝敬畏去的。

也许正是内心的这一份敬畏，让我在这一趟圆觉寺游玩，心里带着从未有过的安宁回来。

我上瘾似的，辞别圆觉寺，徒步走向东庆寺。

与供养着释迦牟尼佛的圆觉寺有所不同，东庆寺与女性颇有渊源：1285年，镰仓第九代执政者北条贞时，在父亲过世后，为母亲觉山尼修建了尼姑寺——东庆寺。当时的日本与中国一样，男方的一纸休书，离婚就可以成立，但女方若想要离婚却没有受理的地方。在这样的背景下，觉山尼将东庆寺建成了幕府公认的离婚受理机关。

女性提出离婚时必须先到东庆寺要求庇护，如果在寺门前被丈夫抓到，只要把头簪或梳子扔入寺院内就可以算庇护成功。进门后，由寺院差役确认身份，如果没有离婚申请书，可以对寺院的差役说明原委。办完手续后，以被庇护者的身份可暂居寺院。

然后，寺院会将女方父母与丈夫叫来，与本人进行三方沟通，此阶段丈夫愿意写休书让离婚成立称为"国元内济离缘"。如果丈夫不愿写休书，寺院会出头，由女方父母与丈夫方面的亲属出面，进行协议离婚，称"内济离缘"。

如果此时丈夫仍不愿离婚，寺院的差役会带上御寺法书到男方所在村落，召集村落庄主等各方面关系者宣读御寺法，并让丈夫及出席者在休书"理解御寺法，同意此夫妇离婚"上签字盖印，强制离婚，一般的老百姓到了这一步，忌于将村人卷入此事，均会同意离婚，此称为"寺法离缘"。

如此时丈夫不听村落庄主劝说，还坚持不肯离婚，将由幕府衙门差役出面，强制丈夫在休书上填写"我抗拒寺法，行为恶劣"让离婚成立。根据寺法规定，后面的两种离婚，必须是女方在寺院生活3年（称为3年修行，后来改成24个月）后才能成立。3年后，休书复写交还女方，女方可带此复写离开寺院。休书的内容一般是三行半，所以现在日本对离婚的另一种通俗说法是三行半。

我在东庆寺的展厅内看到了当时的离婚申请，女方以丈夫家暴、沉醉酒色为由申请离婚，但是在听取丈夫说明时发现，此女拿着家里的钱与金二郎玩出轨，结果当然是女方提出的离婚申请不予受理。

当然，1902年（明治35年）寺法被废除，从此男子也可以成为住持，东庆寺作为尼姑寺的时代也结束了。

真是一种奇妙的寺院制度。我感叹一声，出得东庆寺。

箱根，"七汤八里"疗养地

箱根是日本著名的旅游胜地，火山，温泉，瀑布……而我此次箱根之行在于：这是一次人文之旅。

在去往箱根的车上，发现很多日本人都在车上边喝啤酒，边吃零食，边聊天。而我，因为是一个人，再加上生性不喜与生人多说话，便一路无话。

不巧的是，到的时候，箱根下起了大雨。

前几天着实太累，我索性直接乘坐Taxi来到了温泉宾馆。稍事休息便到了午饭时间，由于提前预订过，饭菜都早已摆好。火锅、刺身，还有一些东西让我根本无法分清是什么，便大快朵颐起来。

吃过饭便去泡温泉，水温很高，我几次在水里都差点精神恍惚，要睡过去了！

泡温泉是十分消耗体力的一件事情，等我泡完的时候，午餐所带来的饱腹

感基本全无,便又去吃了下午茶。然后,回到房间,打开窗户,看淅淅沥沥的日本雨。

第二天一大早,雨霁之后天晴,空气格外的好。

简单地收拾一下自己,便出发了,目的地是铃广鱼糕博物馆,去体验一把自己制作鱼糕。

博物馆里详细介绍了鱼糕的历史、制作方法和制作流程。还有"大师"级人物现场表演娴熟的制作工艺,因怕拍照会影响到他们的制作,从而影响食物的美观,因此禁止对现场工作人员拍照。说实话这是我到日本后第一次听说鱼糕,更是第一次吃,没想到它在日本的历史这么深远。有博物馆,有品评会,还有鱼糕板上的绘画比赛。一种简单的食物被赋予了鲜活的生命力,并得以流传。

这次我体验了亲手制作鱼糕，烤熟后自己带回细细品尝。据当地人说营养非常丰富，但是味道就只能是仁者见仁，智者见智了。

体验过后，在箱根吃过午饭，继续前行。

富士箱根伊豆国立公园，箱根的温泉故乡；丹泽山大山国立公园，"相模川的清流"、"大山、丹泽山的秀山"是神奈川的地理特色；湘南海岸，因海上运动而著称的大沙滩，其中的鹄沼海岸，是中国国歌的作曲家聂耳去世之地，在岸边建有聂耳墓；湖尻·仙石原地区，箱根芦之湖的北部，美丽的湿原和芒草草原宽广美丽；伊豆半岛：气候温和，海滨景致优美。

最后停留在了箱根往南的"伊豆半岛"。这令我想起，川端康成的小说《伊豆的舞女》，讲的是主人公在伊豆半岛的旅途中与舞女邂逅的一段经历。

当然，感到遗憾的是，时间有限，我无法将整个箱根地区的风貌全部揽进脑袋，还有好多地方没有去游览，比如说江之岛，小田原，还有箱根十七汤。

鹤冈八幡宫，为我的神奈川行画上了句号。

鹤冈八幡宫是镰仓相当重要的一个古迹，是13世纪幕府时代用以祈神及祭祀源氏祖先、祈愿的重要神社。现在的建筑物是1828年重建后的面貌，占地面积十分广，殿檐成波浪形，外部漆成绿色，位于此宫舞殿一旁的石阶，有一株高达20米的大银杏树，是鹤冈八幡宫的标志。

据说，1219年，镰仓幕府第三代将军便是在这棵银杏树下，被他的侄儿杀害。

站在这棵参天的银杏树下，我那一点从中国古诗词里得来的怀古情怀被勾起。

无论是镰仓幕府的第三代将军，还是那些古今中外出将入相的名臣，或是君临天下的天子，生前建立了多么显赫的功名，都不过在世俗的纷争里，失了功名，甚至丢了性命。

走走停停的游客们，在这株银杏树下，导游的介绍无非是一句：这株银杏树便是镰仓幕府第三代将军的葬身之处。

可是,那早在这银杏树下化为枯骨,那早已飘散在这株树荫里的生命,他生前经历过怎么样的金戈铁马呢?为了他的功名,他可曾舍弃过那些牵惹情肠的风花雪月?

同样是参天古木掩映,同样是游人如织,但与圆觉寺,处于神奈川行的一首一尾,心境还是有所不同。

当天晚上,躺在宾馆的床上,我知道,此行回去,亲朋好友会和曾经一样,拼命地问我,玩得怎么样啊?喜欢神奈川吗?还想再去吗?

我得好好想想给他们的答案。

一处景美,一处有深厚的文化积淀,一处又是旅游休闲的绝佳地方,七天时间,三种完全不同的心境。时而赏心悦目,时而心平气和,时而仿佛置身于世外桃源。

这个精致的国家,所到之处都是美丽的风景。

03

在路上，邂逅最好的爱恋

一席流动的盛宴

"假如你有幸年轻时在巴黎生活过,那么你此后一生中不论去到哪里她都与你同在,因为巴黎是一席流动的盛宴。"

受了海明威巴黎飨宴的感召,我们不谋而合地相信,只要在年轻时到过巴黎,我们心中才会带着一个永恒的盛宴。

美丽心世界

没到过巴黎之前,看过很多电视剧里的巴黎。在《一帘幽梦》中,紫菱和费云帆初次相遇就是在法国街头;《纵横四海》里,塞纳河畔喝咖啡,钟楚红演的红豆妹妹说,很想在巴黎圣母院举行一场婚礼……那时,就觉得巴黎真是太浪漫了。

熙攘的戴高乐机场,我边跟着人潮往外走,边低头看球鞋白色包边上不知从哪里蹭到的一大片黑色污渍。

这时,胳膊被一双手握住,我被拖出了出机场的人群中。

大米咯咯笑着……这是她的招牌笑声,一听到这笑声,我就知道,这丫是真的开心。

10个月前,她打来电话,说,我总是一个人,需要陪伴。你来,我包吃包住,陪玩陪聊。

大米,她和我一起长大。这世上除了我们的家人外,恐怕再没有谁比我们更加了解对方了。就像,我太知道她的任性。她太知道我对她的包容。

所以,她会因为与我争论林志颖比较帅还是钟汉良比较帅而闹翻后,换了电话号码,拉黑我的QQ,并且一声不响地从我的世界里蒸发;也可以在消失了几个月后,再以一封邮件达成和解。

这么久以来,我一个人去过很多地方。不与任何人相约同行,更不会知会这个地方的朋友或熟人,所以,每次出发前总是自己查好攻略,订好酒店。

03 巴黎：一席流动的盛宴

不用人送，亦没有人接。

这是头一次，从她接到我的那刻起，我就完全把自己托付给了大米。接下来的几天，我会住在她家，然后由她当我免费的向导。

钻进大米车子的副驾驶，系好安全带，调低座椅，然后在巴黎市区下午的大堵车里，我昏昏入睡。

再醒来时，车早已停在大米家楼下。我揉着依然重得抬不起的眼皮，看到大米下巴抵着搁在方向盘上的双臂，微笑着看我。

她知道我极需要休息，基本都没有与我谈天，除了告诉我行程的安排。我边听边想，别看这丫头任性，体贴周到起来，简直无人能及。

因为有她照顾，我在巴黎便无后顾之忧，也大可不必像随团出行的观光客赶

场一般快马加鞭,所以,她改变了我平日里自己旅行时的线性旅游路线,而是以点为主:巴黎圣母院、凯旋门和香榭丽舍大街、埃菲尔铁塔、巴黎歌剧院、卢浮宫、巴士底监狱旧址。最后以船游塞纳河将所有点串联起来。

我微笑不语,表示赞同大米精心为我安排的,这一场艺术之旅。

晚上躺在床上,大米仍如多年前一般,任性地将腿搭在我的身上。

大米咯咯地笑着,我说:"好像又回到了以前被你蹂躏的时候哇。"

这不经意的动作,于两个久别重逢的人而言,却如仪式感一般庄严。它意味着,我们中间横着的这些年的杳无音信,我们在对方生活里缺席所造成的空白,并没有改变什么。

如果说真的有什么改变了,那便是,我变得坚强了,她变得世故了。可我再坚强,也依然会有些犯嗲地看她为我安排好一切;她再世故,面对着不喜欢她的人,或者她不喜欢的人,也会游刃有余地打发着他们。对于我,她依然用着最朴素的心来对待。

巴黎圣母院,石头的交响乐

大米起了个大早,我几次三番地醒来,又在蒙眬中睡去,迷迷糊糊地听到她哼着小调,整理衣物、拖地,然后做好早餐,将一切收拾好,才将我喊醒。

然后,便奔向巴黎行的第一站:巴黎圣母院。

不管是从文学史上、建筑史上、艺术史上均能承载起全世界人民千百年来的无尽惊叹与感怀情愫的,除了巴黎圣母院以外,还有哪一座吗?

不知是雨果成就了巴黎圣母院,还是巴黎圣母院成就了雨果。抑或是,注定这位伟大的作家会和这座伟大的建筑交相辉映。

雨果在小说里写道:"这座可敬的历史性的建筑的每一个侧面,每一块石头,

不仅是我国历史的一页,而且是科学史和艺术史的一页……简直就是石头的波澜壮阔的交响乐。"

想那时读《巴黎圣母院》,深为雨果的文才惊叹。

小说里描述了很多人物,而在我心里,书里最引人入胜的"角色",不是爱斯梅拉达,不是弗比斯,也不是卡西莫多,而是那无与伦比的巴黎圣母院。

她既衰老又年轻,既突兀又神秘,既善良又邪恶;她是卡西莫多的摇篮和母亲,又是弗罗洛策划阴谋的温床和巢穴;她是爱斯梅拉达的避难所,又是丐帮攻打的妖魔;她是万众敬畏的圣堂,又是蹂躏万众的命运的宫殿。她神秘莫测,以翻云覆雨的手,掌控着芸芸众生的命运……

就是雨果对于圣母院的诗意描写,让很多年前的我,对这座建于1163年到1250年的哥特式建筑充满了无限的向往。

而当我终于站在她面前时,才感觉到了自己的渺小。而在穹顶盛行的中世纪,一座带着刺入云霄的尖顶教堂,不仅挑战着人们对于美的认识,它本身,便是一种孤独而苍凉的美。

我忘了自己身边还有个大米,径自绕了这座巨大建筑物一周。

是怎么样的一种力量,仿佛灵魂都被这座建筑物攫了去,连寻找惊叹的词都是多余,面对它,只剩下虔诚。

我不停地问自己，你看，你看，这么不可侵犯的神圣威严里，真的发生过那些事情吗？丑陋的敲钟人卡西莫多就是在这里将花花公子推下来的吗？美丽的爱斯梅拉达，曾经就是在这里被送上绞首架的吗？故事里的钟声和现在的钟声是一样的吗？如果这座教堂，它有感情、有记忆，它能说话，它又会如何给这段善恶、美丑交织的故事予以评价呢？

我陷入了深深的深思。

这时，大米捅醒我，跟随做弥撒的人们进入了教堂。我并没能够进入做弥撒的地方，也不执意进去，一个需要以赤子之心面对"主"的地方，我在这尘世间，需要得太多，想要得太多，牵绊得太多……

在国内时，我亦不曾去过教堂。

听大米说，每个礼拜天下午，在这里都会举行音乐会，唱诗班的人们，穿上华服盛装，一溜儿齐地，站在教堂的中央唱赞美诗。

我的脑海里，居然浮现了《放牛班的春天》里，那些唱歌的小男孩。皮埃尔的洪亮高音，和着众同伴的和音，穿过银幕，穿过我多年的记忆重幕，居然回响在巴黎圣母院里。

我有一刹那的恍然，我捅捅大米："你听，多像皮埃尔和他的同伴们在唱歌。"

大米咯咯笑着："对对对，马修老师在伴奏。"

我回看她一眼，我们会心地笑了。

当年，我就是和大米一起，看的《放牛班的春天》。

其实，圣母院里哪来的皮埃尔与马修老师呢，哪来的放牛班的歌声呢，那只不过是下午教堂里的赞歌。

我虽然听不懂歌词，无法领会字里行间的要义，但是能听出歌颂者内心的充实以及虔诚。

大米还说，有机会，一定要在复活节的时候带我来，那一天，对于巴黎圣母院来说，是最重大的节日。彼时，大主教会盛装华服被百般簇拥，走出圣母院大门，祝福来自全世界的信徒或游客。

对于不能在复活节来，我心里更释然。

一个人，与这个世界，与这个世界上的每一个人，每一个地方，每一处风景，每一栋建筑，若说无缘，便是耗去了终生，也许依然不能相见；若说有缘，则见上一面亦是十分不容易。怎会百般都能够做到周全？

于是，便兴奋地拉着大米观赏起那些宗教壁画、大理石柱、色彩斑斓的玫瑰形玻璃窗，以及玻璃窗上面精妙的画像。

于是大米对我讲了他们的故事，在听故事的那一刻我真的动容了，我记忆犹新的是两个左右对列着的雕像：左边是著名的修女圣特丽萨，传说她可以听到"天父"的声音，巴洛克风格的雕塑家贝尔尼尼也以此题材创作了一件著名的雕塑《圣特丽萨的迷醉》。修女的右边，是法国的民族英雄贞德的塑像，年轻的贞德在国家危难的时候，主动请缨，带领法国的军队打败了入侵的英军，然而这个年轻的农村少女，却以妖言惑众的罪名被烧死……

在这座繁复精工的高大建筑里，时光悄然而逝。

我时而爬楼，时而下梯，时而静默，时而喋喋不休，时而央大米给我讲那些精美物件里的故事，时而又嫌她啰唆叫她闭嘴。

直到大米终于体力不支时，我才恋恋不舍地拉她离开。

我想，那座高大威严的建筑物，那由数不清的石块奏起的交响曲，那经了近千年风雨洗礼，仍然不减庄严的厚重，会一直一直停留在我的记忆里。

埃菲尔铁塔，工业文明时代的怪物

最早知道埃菲尔铁塔，还是在《一帘幽梦》里，紫菱对费云帆说，埃菲尔铁塔就是"我爱你"，我心中的浪漫也就是从那一刻开始，并充满向往。

大米说，之所以游览时把埃菲尔铁塔排在巴黎圣母院之后，完全是为了在我心目中形成强烈的冲突。它们，一个是彻头彻尾的石头建筑，另一个除了钢铁之外，别无一丁点儿其他质地的材料；它们一个历史悠久，另外一个却是工业文明时代的"丑陋怪物"。

到达巴黎的第二天，便美美地游了巴黎圣母院，神思困顿的第三天，大米任由我睡到了中午。因为登铁塔最佳的时间是晚上。

所以，我们消消停停地吃完午饭。我在阳台上晒太阳，大米为我煮咖啡。

我们一个在厨房，一个在阳台，隔空喊话聊天。

"你喜欢巴黎吗？"我问她。

"啊？你说什么？"

我把嗓门再提高点："我说：你，喜，欢，巴，黎，吗？"

"哦，喜欢哇。怎么不喜欢，多少人攒着劲地要往这里跑，我为什么不喜欢呢？"

她一边说着，一边端着一杯咖啡走到我身后："不过说实话，有时候半夜突然醒来，会不知道自己是谁，自己在哪里……"

然后她不语，我便也不再说什么，并且有点后悔勾起这伤感的话题。我知道，如果巴黎有她的父母和我们这些与她熟识的人，那她会很乐意在这里一辈子的。

消磨到下午两点，我们才起身，出门。

在去往埃菲尔铁塔的路上，大米跟我讲着在它那发生的种种惊险事件：

世界上最大的积木。在听到埃菲尔铁塔的修建过程后，我脑子里滑过的第一个感觉就是，埃菲尔铁塔的设计者埃菲尔与他的建筑团队一起，像搭积木一样，一个零件一个零件地组装起了这座高达324米的铁塔，共用去钢铁7000吨，12000个金属部件，259万只铆钉，极为壮观华丽。

设计的完美度，丝毫没有让公众的接受尺度放开，相反，反对者实在是太多了，这其中包括极负名望的短篇小说家莫泊桑，以及拥有不朽声誉的小仲马，他们一致认为，这一丑陋的剑式铁塔将会把巴黎的建筑艺术风格破坏殆尽。

所以，在听到这两位伟大作家反对修建埃菲尔铁塔时，我却有一刻的不理解，但后来，竟也为这两位我喜欢的文学巨匠找到了充足的借口：许是莫泊桑取承自叔本华的浓郁悲观主义色彩，使他决意于冲破既有世界的秩序，包括审美，他却对这世界应当遵循什么样的秩序，并无答案。于是，如埃菲尔铁塔一般的全新面貌，令他极不舒服；而小仲马，只呼唤人性的真善美，却并不打破原有世界的规则。

但埃菲尔铁塔的丑陋终于还是得到了谅解。

它终于能够和周围的建筑融为一体，为这座城市所接纳，为公众所认可，这一切都是在世界大战中，为法国的战时通信发挥了重要的作用之后。

然后，人们一系列的疯狂行径自然也衍生出来：巴黎有一位面包师，踩着高跷走了636级，爬到了铁塔顶层；还有一位法国裁缝师穿着自己设计的蝙蝠翅膀状披风，从铁塔顶端的护墙下飞下。十分不幸的是，这个自制的"披风远征号"非但没有让裁缝实现飞翔的梦想，反而在飞行中失控，使得它的主人在塔底密集人群的注视下，飞向死亡；还有一位名叫皮埃尔·拉布里克的法国作家，从第二层顶端沿着铁塔骑自行车回到地面；一位法国人企图驾驶飞机穿越两个塔墩之间的间隔。眼看他就要成功了，却在最后时刻被太阳光照花了眼，撞到了一根无线电天线，飞机失事了，驾驶员丧命；而另外一位飞行员就幸运得多了。第二次世界大战中，在盟军快要从德国人手里夺回巴黎前，一位美国飞行员进行了跟那位丧命的驾驶员一样的飞行壮举，这次他成功了……

听大米讲完这些故事，远远看着它，觉得这个黑色的怪物的确有点笨笨的，蠢蠢的。毕竟，白日里，钢铁能有多么华丽而耀眼的外表呢？

难得的一个好天。我一个人先行到战神公园等待去停车的大米，她来的时候变戏法似的拎出了油布、食盒等一些野餐的东西。我几乎要高兴得跳起来了。

蓝天白云映衬下埃菲尔铁塔越发的巍峨起来，我和大米在战神公园里绿得诱人的草地上，铺上红白相间的格子油布，油布上摆满各色吃食：沙拉、法式面包、蛋挞、红酒、奶酪……最惬意的旅行生活，也不过如此了吧。

如若不是有大米，还是我独自旅行，绝不会出现这样温馨的画面。

边喝红酒，边吃点心，边八卦，太阳很快落山了。

我们在黄昏最后的余晖里等待夜色降临。

夜晚的铁塔是最美的。

当然，为了看到这美景，我和大米排了一小时的长队才买到铁塔的票。

将近两千个阶梯。

起初，我和大米还一前一后，有的没的聊着，后来，登上塔顶已经成了我们的目标，于是，为了保存体力，便都不说话了。

到达第一层的观景台时，已经可以看到巴黎璀璨夜景的全貌了。怎么一个美字了得！

只是，夜里的城市，比苍茫的山河更带有柔情意味。我们在这里稍做停留，逛了一下各种纪念品商店和咖啡馆。

然后，接着往上爬。

到达距离地面115米的第二层瞭望台时，感受又有所不同。有人说，从这一层向外张望便可以看到巴黎夜景的最佳构图。的确如此，凯旋门城楼、卢浮宫、蒙马圣心教堂都清晰可见，色彩斑斓。夜色如画，繁灯似锦，那些浓重的黑色应该是树了，在白日里，应当是浓郁的绿色吧；交织如网的街灯，如一件彩色的衣服，将城市打扮得入时而又娇媚，又像雨后的蛛网，粒粒晶莹如流泻无尽的璀璨。这一层还有一个装潢考究的全景餐厅，终年都是顾客盈门，座位必须提前预订才行。

一个多小时后，我和大米才气喘吁吁地抵达最高一层观景台。真是最宜远望的佳境，我甚至产生了这样一种感觉：嘈杂的巴黎忽然静了下来，变成一幅巨大的地图，条条大道与小巷画出无数根宽窄不同的线。大米说，当白天视野清晰时，极目可眺望至60公里开外。

站在塔顶，我唯一的感叹就是：如果当初，人们真的阻挠了埃菲尔铁塔的建设，那么，巴黎的魅力，会不会较现在减弱很多呢？

在路上，邂逅最好的爱恋

03 巴黎： 一席流动的盛宴

当卢浮宫遇见紫禁城

到法国、到巴黎的人,几乎没有不到卢浮宫的。

不仅因为它是规模浩大的皇宫,欧洲的统治中心,更主要是因为,它是欧洲文物保存最富、艺术珍品最多的一座博物馆。

而让我这个中国游客特别开心的是,除了展览馆的透明金字塔式总体设计是出于华人贝聿铭之手外,更让人开心的是,这里应该说是唯一一处有中文参观指南的地方了。

奥妙的是,进入"金字塔"就进入了大厅,取光十分理想,大厅十分明亮。

排队购票的人,秩序井然。

我和大米穿过熙攘人群径直来到二层大厅,在里三层外三层的人墙缝隙里,窥见了爱神的面容。近了近了……直到我终于站在了人墙里面,仰头看见这尊两米高的大理石像时,心里竟然突然有种难以言传的感觉。

女神的美,因为世人的争夺,使她失去了双臂。

古希腊神话中,爱神维纳斯也被称为"阿佛洛狄忒"。相传,她在大海的泡沫中诞生。

女神在三位时光女神和三位美惠女神的陪伴下,来到奥林匹斯山。众神无一不为她的美貌倾倒,纷纷向她求爱。宙斯也在求爱者行列,同样被拒绝了。宙斯一怒之下,将她嫁给了丑陋而瘸腿的火神赫斐斯塔司。而这位美丽无双的女神,她却爱上了战神阿瑞斯,并为之生下小爱神厄洛斯。

卢浮宫里这尊断臂的女神像,是希腊米洛农民伊奥尔科斯1820年春天刨地时掘获的。出土时的维纳斯,右臂下垂,手扶衣襟,高高伸起的左手里,握着一只苹果。

可惜,后世的人们,再也无法看到双臂健全的美丽女神,连同那只苹果的全貌了。我们只能透过几百年来的时间洪荒,想象出她的样子。

当时,法国驻米洛领事路易斯·布勒斯特得知此事后,赶往伊奥尔科斯住处,表示要以高价收买此塑像,并获得了伊奥尔科斯的应允。但由于手头没有足够的现金,只好派居维尔连夜赶往君士坦丁堡报告法国大使。大使听完汇报后立即命令秘书带了一笔巨款随居维尔连夜前往米洛洽购女神像,而这时,却不知农民伊奥尔科斯已将神像卖给了一位希腊商人,而且已经装船外运。居维尔当即决定以武力截夺。英国得知这一消息之后,也派舰艇赶来争夺,于是,双方展开了一场激烈的战斗,混战中雕塑的双臂不幸被砸断,从此,维纳斯就成了一个断臂女神。

如果这尊像有知觉,有感情,她是否会发出这样的感慨:不管是

作为神，还是作为一尊像，难道自己永远也摆脱不了挑起人间战争的命运吗？

而此刻，我看着她，来自世界各地的游客也看着她。她，依然婀娜地站着，面容安详。

没有胳膊的维纳斯拥有"残缺美"，这种"残缺美"是人们在一场残酷的争夺与杀戮后，为自己开脱的借口吗？

可她此时就站在这里，彰显着胜利者的所有权，可她的美，真正地属于过谁吗？

别过维纳斯，我们在一处开阔的高阶处，找到了胜利女神像。

很可惜，这座高3.28米的、创作于公元前3世纪的雕像的头部和手臂残缺，我们已看不到她的容貌。但也正是如此，人们才可以毫无禁忌地想象她是花容月貌抑或是威武豪迈。就像断臂维纳斯身上那无可复制的残缺美。

女神全身充满了生命力和雄壮的感觉。从保存完好的躯干中，仍能感悟到女神英勇、飘逸的气势。两只张开的翅膀和轻盈飞扬的衣裙，让人感到女神正在空中腾飞，有着一种强烈的运动感。丰满的躯体在薄衫下透露出力量和健康，表现了胜利和与之而来的喜悦。包裹身体的薄衣被大海的飞沫打湿，随风飘扬，紧贴在女神丰满的胴体上，细密而又富于变化的衣褶勾勒出女神优美的曲线，给人以华丽优雅的美感。

我为这尊女性肉体所蕴含着的无穷、蓬勃的生命力而感到惊叹；同时又为她那高贵、优雅的美而折服；更为她那欲言又止、动静相宜的完美平衡而几欲拍案叫绝。

接下来，自然是举世闻名的、拥有最美丽笑容的蒙娜丽莎了。

在我们游走在人群中，寻找蒙娜丽莎画像的时候，大米哼起了林志炫的那首老歌：啊，蒙娜丽莎，你是谁？……

看到了，我看到了。蒙娜丽莎优雅地坐在那里，背对着幽深茫茫的山水，带着微笑，面容安详。不得不说，达·芬奇淋漓尽致地发挥了那奇特笔法，带给这

位女子无与伦比的美。

谁能看透那曼妙而神秘的微笑呢？仿佛世事如何变迁，都无法打破她心里的平静一般；又仿佛早已看透了世间的纷扰与喧嚣，使她练就了一身波澜不惊的本事。所以，看着她的笑，一切的争执，一切的纷扰，都不存在了，有的，只是那份山高水长的恬然淡泊。

看完了"卢浮宫三宝"，接下来，便是悠游地在这个大"首饰盒"里"寻宝"了。

大米说，游卢浮宫还是有导游带着为好。于是，她抓着我，跟在一个二十来人组成的中国团的后面，并对我挤挤眼说："咱就跟着他们了。"

我们认真地参观了一批批古物，虽然其中有不少已经缺头少腿了，但这都是千年、百年历史的见证。在这里，连几十吨重的古雕、石础也运了进来。可见，卢浮宫的储藏的全面性与珍贵。

回望法国卢浮宫,脑海里浮现的却是北京紫禁城,还有《当卢浮宫遇见紫禁城》里面的一个个镜头。

我想,"当卢浮宫遇见紫禁城"这是怎样的机缘?中国人相信机缘!

巴黎歌剧院,从未停止过笙歌

巴黎歌剧院,是法国上流社会欣赏歌剧的场所,不管内部装饰和外表建筑都极尽华丽。

头天晚上,大米笑嘻嘻地跟我说,咱们明天要去巴黎歌剧院,过一把法国上流社会的瘾了。

去巴黎歌剧院的时候,我坚持不让大米开车,而是坐地铁去。于是我们坐地铁至Opera站。

巴黎是个处处充满文艺气息的地方,如果去任何地方都坐大米的车,那么,我会错过多少在街头感受艺术气息的机会呢?

果然,地铁里拉风琴的,唱歌的,街头跳街舞的,弹琴的,画画的,应有尽有，有种跻身于艺术家地界的感觉。

和大米并排坐在地铁上，耳边飘着卖艺人法兰西风情的琴声与歌声，伴着这样的音乐开始了新的一天，那一刻我才感觉到生活的美好。

据说，19世纪中期以后，巴黎更是成了一座放逐者的城市。这里有宽松的政治气氛，有学生、文人、艺术家掀起的反文化潮流，也就是所谓的波西米亚文化，所以多数人选择到巴黎来流浪。巴黎至今仍是异乡人喜欢待的地方，走在塞纳河边，坐在路边咖啡馆里，一个异乡人也许能体会到巴黎城里某种淡淡的忧郁和流浪情结。

不知道为什么，一直以来都对流浪的艺术家有种特别的感觉。每每在北京的地下通道见到抚琴唱歌的流浪歌手，或者是某个公园门口看到兀自入神写生的人时，我心底都会升起淡淡的惆怅。或许是这些人无论处于什么样的境地，都能坚持自己的梦想吧。

而我，经历着都市的繁华，小心地学着规则，却从来不愿意和自己的梦想相濡以沫。

地铁里的际遇，跟今天去歌剧院的行程特别相称。

远远看见歌剧院全貌时，并没有觉得有什么特别，心想，又是一座经典的欧式建筑而已。

谁知，这座建筑里，会有那么多的关于音乐的记忆。

大米指着建筑上的雕像，一一向我解释。

"看到了吗？那座右手捏着衣角、左手横过腰际的塑像？"

我顺着大米的手指望过去。

"P-e-r-c-l-e-s-e，乔瓦尼·巴蒂斯塔·佩尔戈莱西，意大利作曲家。15岁即在洛雷托圣元音乐院任教，22岁时为那不勒斯大地震而作弥撒曲，大获成功。可惜呀，在26岁那年便去世了。他是意大利喜剧歌剧的先驱，并对欧洲喜剧歌剧的发展有重大影响。"说到这里，大米看着我说，"你呀，就别再想当个与文艺沾边的人了,你看,在艺术上有成就的人,向来都薄命。天妒英才哇,我倒是更希望你做个平庸的人。"我瞪一眼,并不说话。

"你再看那个双手交叠放在前面、虽然微微颔首,却在忧郁的神色中透着一股子桀骜不驯的,是多米尼科·奇马罗萨,意大利歌剧作曲家。奇马罗萨1772年毕业于那不勒斯音乐学院,开始创作歌剧,1787年赴俄任圣彼得堡宫廷作曲家,1791年任维也纳宫廷乐长,1799年法军占领那不勒斯,奇马罗萨因支持法军后被驱逐,客死威尼斯。他是18世纪最重要的喜歌剧作曲家之一,作品旋律优美丰富,情调幽默机智,当然了,他作品里的感情深度较莫扎特还逊了一些。

"还有那个嘴巴微微张开,如炬目光直视前方的,是德意志作曲家弗朗茨·约瑟夫·海顿。海顿是继巴赫之后的第一位伟大的器乐作曲家,是古典主义音乐的杰出代表。被誉称交响乐之父和弦乐四重奏之父。

"还有那个,你看见了吗?左脚微微踮起,低着头的那个?"

我再望过去,看到大米指着的塑像上方赫然写着:BACH。

"巴赫!他就是巴赫!'现代音乐之父'巴赫!"我几乎惊叫道。

大米笑着说:"原来你也有这么不淡定的时候。"

我说:"当然啦,不过你这家伙什么时候学识变得这么渊博啦?"

她把头猛地一仰,用手做了一个快速捋起刘海的动作:"我一直都学识渊博的好吗?"

我冲她做个鬼脸,然后便不理她,兀自地欣赏起这一座座雕像。

如果你也和我一样,留意过歌剧院外面的雕像,你可能会发现,这所有的雕像里,几乎绝少是法国人。

一座法国地标式的建筑,所尊崇和铭记的,却多数为意大利人、德国人。

的确如此。

早在 17 世纪时,意大利歌剧风靡整个欧洲,称霸歌剧舞台。

欧洲各国的作曲家致力于发展本国的歌剧艺术,与意大利歌剧相抗衡,同时,也与宫廷贵族追求时髦的庸俗趣味进行斗争。

就是在这一时期，法国吸取了意大利歌剧的经验，创造出具有本国特色的歌剧艺术，法国歌剧也由此发展起来。

也正是法国歌剧艺术风格的形成，催生了法国将建立自己的歌剧院。

1667年，法国国王路易十四批准建立法国第一座歌剧院。

1671年3月19日，"皇家歌剧院"落成，它就是巴黎歌剧院的前身。

1763年，皇家歌剧院毁于一场大火。

1860年，新的歌剧院建成，成为举世公认的第二帝国时期最成功的建筑杰作。

而他们，并不曾忘记那些在艺术风格上给予自己启蒙的老师，即便他们都不是法兰西本土人。于是，就出现了这样的奇观：那么多雕像里，大多数都是欧洲绝顶的音乐家。

而当大米告诉我关于巴黎歌剧院的一些数字时，我十分惊讶，这绝不亚于听到埃菲尔铁塔的零部件数量时的惊讶：这里有全世界最大的舞台，可同时容纳450名演员；剧院有2531个门，7593把钥匙，6英里长的地下暗道。

富丽堂皇的门厅四壁和廊柱布满巴洛克式的雕塑、挂灯、绘画，有人说这儿豪华得像是一个首饰盒，装满了金银珠宝。

一进入歌剧院，马上就会被壮观的大楼梯吸引，大理石楼梯在金色灯光照射下更加闪亮，说法之一是被当时夜夜笙歌贵族仕女的裙衬擦得光亮，可见歌剧院当时盛况。大楼梯上方天花板则描绘着许多音乐寓言传奇故事。想亲自体会名媛仕女走过大楼梯的感觉，必须要先买票进入歌剧院博物馆，欣赏过大楼梯后，可从两侧进入歌剧院走廊，这些走廊是提供给听众在中场休息时社交谈话的场所，精美壮观程度不亚于大楼梯，加叶尼构想将大走廊设计得类似古典城堡走廊，在镜子与玻璃交错辉映下，更与歌剧欣赏相得益彰。

歌剧院的地下层，有一个容量极大的暗湖，湖深6米，每隔10年剧院就要把那里的水全部抽出，换上清洁的水。

这座美丽而古老的歌剧院，从未停止过笙歌。

虽然丝竹之声一直都不是欧洲音乐里的主角，但金石之声，回荡在古老的音乐城堡里，也同样能激荡起我们心目中对于音乐无来由的热爱，并与之产生共鸣。

当时自己隔着电脑看《歌剧魅影》时那股神秘而艳美的感觉，在我置身于这座建筑之中时，又回来了。

那些在这座建筑里，看舞台上这部在故事发生地上演的歌剧的观众，该是怎么样的一种感受呢？

那个无处不在的幽灵，带着对克丽斯汀病态的爱，摆布着歌剧院里的一切，包括这里的人们的命运。因为占有欲，而做出了一系列的古怪而逼人的事情。可一切的暗无天日，终归被那个叫作"真爱"的东西泄露得光亮透彻。而他们最终会意识到，自己对于女主角的爱，早已超过了自私的占有。

故事就此落幕，而那些古典音乐，却回响在歌剧院的每一处角落，也响在每一个游客在今后的人生里关于这座建筑的所有回忆中。

没有塞纳河畔就没有巴黎

"假如你有幸年轻时在巴黎生活过，那么你此后一生中不论去到哪里她都与你同在，因为巴黎是一席流动的盛宴。"每每看到海明威的这段话，都会令我怦然心跳。

法国人说，没有巴黎就没有法国；而巴黎人却说，没有塞纳河就没有巴黎。

我和大米坐在船上最顶的露天观光层，喝着咖啡。卢浮宫、奥赛博物馆、巴黎圣母院、埃菲尔铁塔等名胜一一尽收眼底，沿着塞纳河走有看不尽的建筑名胜。各具特色的桥梁也一座座迎面扑来，在我看来，法国的一切，都犹如一幅精美的油画，完美无瑕。

说起塞纳河，不能不说河上的桥。塞纳河上的桥共有36座，其中的亚历山大三世桥，是一个世界级的艺术珍品。桥头上展翅腾空的镀金飞马是俄国皇帝送给法国的礼品。塞纳河，是法国河流中流程很短，但极负盛名的一条河。河上的桥梁弥漫艺术气氛，两岸的建筑一个个更是艺术杰作。

每一个桥的修建、命名，都有着不同的故事，也对应着不同的人物。

可是，一座城市的历史，每一座桥的历史，都随着流淌不倦的水逝去了，唯有那一座座桥，或巍然，或宁静，或霸气地匍匐在属于自己的领域上，忘记了时间，却见证着岁月的沧桑。

离开巴黎那天，天上落着纷纷的雨。

我站在阳台上，看窗外的树，被洗得更加翠绿，看窗户上的雨点渐渐汇成蜿蜒的水路，慢慢流下。

大米从早上醒来便一言不发，默默地为我做早餐，收拾行李。

而我看见一向被她收拾得井井有条的屋子却一片零乱时，我想好好替她做点什么。可她制止了我，将我推到阳台上。

她"咯咯咯"地笑起来："我看上你的这个化妆包了哎。"

我知道，她说的是我买Gucci香水时赠的化妆包："那给你吧。"

"我还看上你食指上的花戒了。"

因为连日来游玩，太累了，手有些肿，我艰难地从食指上褪下花戒，然后走到卧室递到她眼前。看到她把脸上的妆都哭花了。

然后一把眼泪一把鼻涕地和我拥抱。

过安检的时候，机场工作人员打开我的箱子时，我看着行李箱里那些陌生的东西：衣服、包包、化妆品、首饰……这家伙用她的名牌，换下了我行李箱里所有的东西。

刹那间，我的眼泪决了堤。

我知道，她只是想抓住关于我的一些东西。

可是，我多想告诉她。亲爱的大米，蔡康永在他的书里写过，人应当学会流浪，但是，流浪之后一定要回来，否则，那便不叫流浪了，而只是为了逃避一种生活的另一种生活。

所以，你一定要回来，回到我们曾经一起上学下学的那条林荫小道，回到我们曾经几乎天天趴在上面的篮球架上，回到我们永远割舍不下的，那些少年时光。

04 哈瓦那：一杯浓烈的朗姆酒

一杯浓烈的
朗姆酒

哈瓦那是《情迷哈瓦那》中凯蒂和哈维尔的情欲之舞，是《乐满哈瓦那》中音箱描画出的传奇世界。

哈瓦那是真真切切的一个个风景、一段段故事，热烈、感动、伤怀……

一场自由奔放的舞宴

曾经在看电影《情迷哈瓦那》时,深深迷恋凯蒂和哈维尔狂放自由的舞姿,突然间让我有了某种痴迷,懵懵懂懂,又坚定不移。

下了飞机,打车去酒店,洗了个澡,换身衣服,便把自己丢在了哈瓦那的大街上。已接近当地时间下午五点,我完全顾不上旅途的劳顿,因为走在大街上,满眼看到的都是身材颀长、面容姣好的穆拉达"Murada"(女孩子)。

我甚至忘记了,长久地盯着别人看实在是一种不太礼貌的行为,可出乎我的意料,一位与我迎面而来的女孩,丝毫不介意我投在她身上的目光,在路过我时,还给了我一个大大的微笑,说:"Hi!"果然是十分热情与友善啊。

很早就听人说,每一位"穆拉达"站在路边都是一件艺术品,美得不可方物。"穆拉达"们美丽如霞,热情似火,尤其是在朋友聚会时,伴随着醇浓的朗姆酒香,随时都会翩然起舞,那奔放、开朗的性格,令人炫目的舞步,举手投足都带着一种诱惑。

如今她们真的就在我眼前,只觉得一切美好瞬间无法形容。那是怎样的一种美啊,傲人的身躯里,"穆拉达"的灵魂仿佛呼之欲出,连同样作为女人的我,都卸下了嫉妒心,而由衷地喜欢上她们。

其实古巴的每个人都是天生的舞者,舞蹈是他们表达感情的最好方式。在夜晚的哈瓦那,随便往哪个窗口望去,都可以看见映到窗帘上的舞动的身影,凝神聆听,忽远忽近、快慢不一的舞曲,缭缭绕绕,直到天明。

晚上来到著名的哈瓦那俱乐部,点上几杯朗姆酒,在吧台前坐下。然后转动手中的酒杯,看着摇曳的灯光,掠过各色的酒,各色的人在舞池中肆意扭动。

　　喝了一些酒,有了一些感觉,于是,我的身体开始随节奏摇摆,等意识回来,我已经在舞池里了。

　　我以前断断续续学过一些舞蹈,此时也算派上了用场。虽然步法与这里的salsa略有区别,但起码能够找准节奏。

　　当我慢慢地融入周围跳舞的人之中时,我已经全然忘记了自己。脚步也完全是下意识地跟着节拍走,一曲下来,已有人称赞我的舞蹈了。

　　我重回座位,端起酒杯一饮而尽,这才感觉到额上早已渗出了细细的汗珠。

　　"来根雪茄吗?小姐。"一个卖雪茄的小伙已经站在我面前,用流利的中文说。我摆了摆手。

　　"来古巴怎么能不要雪茄,就像到波尔多一定要去各大酒庄一样,都不容错过。"一位男士来到我面前,他微笑,示意我旁边的座位,我点了点头。

　　他坐下,冲侍者招了下手,侍者过去打开盒子,他从里面挑了一根,然后侍者给他递上火,他吸了一口,点点头:"不错,正宗的古巴雪茄,给这位小姐也来一根。"我刚要摆手,侍者已经把雪茄递到我面前,他推荐的是一种呈方柱形的雪茄,我笑着接过来,侍者点着,我吸一口,味道很淡,应该说是淡而持久,又带有复杂的芬芳感,配着舒缓的曼波舞曲,我如临仙境。再放眼望去,整个俱乐部,差不多人人都吸着雪茄,个个都如痴如醉。

"我叫Henry,是美籍华人,很高兴认识你。"

"Angel,me,too。"此刻我只能痴痴地傻笑。难怪英国诗人威廉·詹姆斯说:"朗姆酒是男人用来博取对方说是的最大法宝。它可以使一个女孩子从冷若冰霜变得柔情似水。"

"关于哈瓦那的雪茄有个传说。"

……我又猛吸了两口雪茄。

"哈瓦那雪茄是融合阳光、土壤以及超过五个世纪的成熟卷烟工艺打造而成,是无与伦比的产品。一支好的哈瓦那雪茄可以如同诗境般引人入胜。同时,哈瓦那雪茄的烟叶是经过精心挑选的。传说,好的雪茄是在古巴姑娘们的大腿上卷出来的。这也正是手制雪茄才能拥有的特色。所以你不能这样吸太快哦,它跟香烟又不一样,需要细细地品。BALBALA……"

是,此时我已经有点头晕了,越头晕,越想吸,然后就想喝酒。他帮我点了以甘蔗为原料的朗姆酒,这也是每个来到古巴的人必点的。于是,这沾了朗姆酒的雪茄,也仿佛随着口腔里缭绕的烟雾慢慢晕染开来,有浓烈的烟味、香醇的酒味。瞬间想要挣脱束缚,摇摇晃晃中,我又下了舞池。

古巴民众能歌善舞。难怪古巴人能创造出如此众多风靡世界的舞蹈:伦巴、曼波、恰恰、莎莎。回声里:舞蹈是一种自由奔放的姿态,不该被束缚,理当尽情地全部用身体诠释。

Henry也下到舞池,就在我身边,这不是一种幻觉,是他在我耳边说。

昏黄的灯光下,Henry的脸显得更加迷人,我情不自禁地抬起手,想要去抚

摸他的脸。我可能是醉了，明明是两个东方人，却千里迢迢跑来哈瓦那相遇。

可我还清醒地知道，我不是凯蒂，他也不是哈维尔，这只是一场自由奔放的舞宴。

那幸福的闪电告诉我的

回到酒店时已是凌晨。我入住的 Hotel Riviera，是西班牙殖民时期建的，在许许多多关于哈瓦那的画册中见过。之所以著名，源于它是20世纪50年代驰骋哈瓦那的黑手党巨头修建的。

我在哈瓦那的第一个早晨，从躺在床上看日出开始，对面没有建筑，所有的房间都面朝大海。

我躺在床上，定定地望着远方，水天相接处，慢慢拱出了扇形的粉色，慢慢扩大，直到太阳露出一点点脑袋。然后，天空，变成淡淡的灰，淡淡的蓝。

伸个懒腰，坐起来，靠在床头。真是一件神奇的事情啊！我想，多年以后，我依然会记得有这么美好的一天，在一所临海的房子里，静静地坐在床上，跟大海、天空和太阳一起醒来。

此刻天和海，如此亲密，脸贴脸，肩并肩，手拉手，不分你我，没有边界，甚至看不到水天相接处的那条地平线。

或许是因为处于如此静谧的气氛下，人容易变得敏感，第一次觉得天空的颜色，每一秒都在变化。每一秒的天空，若是定格了，都是绝无仅有的那种美。

不知道，是不是也曾经有游客与现在的我一样，在这所房子里，在这样的时刻醒来，看到窗外的变化，拥有了和我一样的感受。也不知道，在我走后，会不会还有一个人，依然有我这样的感受。

磨磨蹭蹭地下了床，坐在床前。此时的哈瓦纳，依然在沉睡中。第一次真正

04 哈瓦那：一杯浓烈的朗姆酒

体会到了海子那首诗里的感情：

> 从明天起做个幸福的人
> 喂马劈柴周游世界
> 从明天起关心粮食和蔬菜
> 我有一所房子
> 面朝大海春暖花开
>
> 从明天起和每一个亲人通信
> 告诉他们我的幸福
> 那幸福的闪电告诉我的
> 我将告诉每一个人

> 给每一条河每一座山取个温暖的名字
> 陌生人我也为你祝福
> 愿你有一个灿烂前程
> 给每一条河每一座山取个温暖的名字
> 愿你有情人终成眷属
> 愿你在尘世获得幸福
> 我只愿面朝大海春暖花开

那天，我没有给自己安排任何行程，只是沿着海滨大道悠闲地散步，耳机里单曲循环着《蓝色天际》钢琴曲。

海滨大道以一个巨大的弧度，将哈瓦那与大海分隔开来，一边是高高筑起的大堤，大堤下面有各色石头堆起的小小海岸，而另一边，则是一栋一栋斑驳的老房子。

清晨走在石堤一边，看大海波浪一波一波赶过来，掀起白白的浪花，打湿衣衫。

傍晚，漫步在另一边的柱廊中，追寻着太阳的长长影子，走过一扇又一扇敞开的大门。

黄昏，我静静坐在大堤上，大堤就像一个温暖的港湾，稀稀拉拉地散落着成双成对的情人。他们旁若无人地拥抱、亲吻，每一对都融化在金色的氛围之中。从柱廊这边看过去，就像空气中弥漫了细细的金粉，涂染了姑娘的发梢和小伙子热情的怀抱，无边的大海也变成微微沸腾的金色海洋。

我双手捧在脑后，随意躺着，闭上眼睛，风贴着地面拂过耳畔，送来了大海的声音，以及情侣之间的喁喁私语。所谓的"岁月静好，现世安稳"不管对于这些相爱中的男女，还是对于我独自一人，大抵都不过如此吧。

最浪漫的事,就是在古巴看海

有人说,一生中最浪漫的事就是在古巴看海。

赤脚踩在加勒比海滩细软的白沙上,任凭海浪打湿裙角。脚下绵软细腻的感觉,让人心里不由得不断涌出快乐的感觉。

遇上一场创意摄影,是我完全没有预料到的。

著名的海滨大道——MALECON,男子一身白衣,女子一袭红裙,在阳光的照耀下,是纯洁无瑕,是热情如火。眼里充溢着的,是满满的幸福。

海风吹来,海浪轻轻涌动。摄影机寻找着最佳角度,以期抓取两个人眼底最温柔的刹那。

海风伴着海浪翻滚的声音扑面而来,两人缠绵热吻,定格下人生中最为激情浪漫的瞬间。浪花高溅,水雾飘扬,投下巨浪的屏幕,天人合一。

此刻,我真正感受到了激情浪漫的真谛。

"这样的摄影,每天都有,很多人都来这里拍片,因为,在这里想不艺术都难。"我转过头,是Henry。

他手里拿着照相机,在冲我招手。在阳光下,他的笑容显得更加灿烂。我也热情回应。他跑过来,不容分说拉起我就走:"带你去个地方,绝对震撼。"

我们跑步向前,听海边巨浪翻滚,看浪花撞击在大堤上掀起白色水幕。他突然停住:"想不想拍震撼的照片?"不等我回答,一个海浪高高扬起,重重落下,将我全部打湿。我吐了下嘴里的水,掐着腰,站在那里,恨恨地看着他,他又连按了几下快门,坏笑着说:"哈哈,要想拍震撼的照片,肯定要有牺牲的哦。"

我跑过去抓他:"我也来帮你震撼。"

——"哈哈,我不用了。"

——"不行,礼尚往来,我必须得帮你拍。"

我们追逐着，嬉笑着，打闹着，直到筋疲力尽，而且两个人都被海浪彻底打湿……

这富有激情的海浪啊！

而后，暂时风平浪静，是耀眼的阳光。我们仰面躺在沙滩上，不顾阳光的耀眼，摆出一个大字形。古巴的海滩啊，让人无比放松！

看着岸上相拥热吻的情侣、听他们喃喃细语，看他们跳 salsa……这就像是一座漫长的"T"台，哈瓦那人在这里毫无顾忌地展现着自己的爱情、欢乐、激情与忧伤。

我听不懂他们的语言，但可以享受他们聊天的愉悦声调。

谈恋爱的人，说话的旋律都像音乐。他们尽情热舞，是因为他们太过含蓄，只能用这种方式来表达爱意。

我用一种不被打扰的方式，渗透进他们的秘密，比风还轻。

我想假装自己是个归人，不想只像个过客。有一天，我的爱情也要像这里的海浪一样富有激情，像这片沙滩一样美丽而宁静。

只是，为了寻找海明威

海明威说："我热爱这个国家，感觉像在家里一样。一个使人感觉像家一样的地方，除了出生的故乡，就是命运归宿的地方。"

年少时读海明威，只是记住了那位在海上与鲨鱼搏斗的老人圣地亚哥。直至上了大学，拥有了一定的人生阅历后，才开始对海明威充满敬意。

此次哈瓦那之行，也是为了寻找海明威。

第一站，"两个世界"饭店。海明威第一次到哈瓦那时，就住在老城区的这家酒店，此后，海明威每次到古巴都住在这家饭店的511房间。在这里他创作了《丧钟为谁而鸣》的部分章节。海明威说这里是非常适合写作的地方。

如今这里已经成为四星级酒店，餐厅保留着海明威曾经喜欢的菜肴，511房间已经成了海明威博物馆，里面陈设着海明威生前的用具，这里所有的一切都与海明威有关。

第二站，"街中小酒馆"，也有译为"五分钱酒馆"的。地处老城，正好在大教堂广场旁一条街的中间部分，因此得名。这里也是海明威常去的地方。

来到"街中小酒馆"，点上一杯海明威当年最爱的"莫希托"，然后看吧台酒柜正中央海明威的留言："我的'莫希托'在'街中小酒馆'，我的'达伊基里'（另

一种鸡尾酒)在'小佛罗里达餐馆'。"

嘀，这可真是个浪漫的人啊。

不一会儿，侍者端上了我点的莫希托，冰块和薄荷叶懒散地浮于其上，看上去的确不像其他的鸡尾酒那般，有着梦幻的外观，但那一片片藏于冰块中的绿色，不知为什么，让我想起《老人与海》里的圣地亚哥。"人生来不是为了被打败的，人能够被毁灭，但是不能够被打败。"

于是我又去到"小佛罗里达餐馆"，点了"达伊基里"。相信因海明威而专门来寻找这种酒的，应该不止我一个。

白色的达伊基里握在手中，又让我想起海滨大道的那场激情畅想的创意摄

影,没了红色女人的白衣男人,在海滩是孤独的。此刻,正好应了那句"没有人是座孤岛,我独自一人"。刚好,餐馆红色的桌子,让纯净的白艳遇那片热情的红,而此刻,我并不孤独。

当然,我没忘记《老人与海》里提及的露台饭店所在的那个城东的小渔村:柯希玛尔,据说海明威常在这里出海钓鱼。也是因为海明威的光顾,饭店才出了名。如今饭店餐桌全部铺着白色的桌布,上面再罩一层红色的桌布。如果仔细观察,你会发现靠窗最近的一张桌子上面罩的是红色桌布,而下面却是黄色桌布,而这张与众不同的餐桌就是当年海明威常坐的地方——在一个阳光明媚的上午,风从东面吹进敞开的饭店,海明威坐在这里,凝望着远处的大海,看见深蓝色的

海面上泛着白色浪花，穿梭的渔船追逐着多拉多鱼。

下一站，海明威故居。

维西亚庄园位于哈瓦那的东南方向，海明威当初买下这座庄园，是因为妻子玛瑟不喜欢住在饭店，为了给妻子一个安稳的生活，为她营造一个家的感觉，他便将维西亚庄园买了下来，从此定居于此，直到古巴革命时才离开。

如今，这里已经成了一座博物馆，向来自世界各地来凭吊这位伟大作家的游客们，展示了这位作家的9000册藏书、注册在基维斯特的比拿号游艇，包括主卧室在内的每个房间的墙壁上挂满了猎物标本，犀牛和野鹿居多，想必这些都是作家的战利品。至今仍完好无损地保存在那里。

这可能是海明威居住时间最久、最为舒适的一个家了，在这里，他的生活安逸舒适，同时，人们给了他最大限度的尊重，包括那位被古巴举国人民怀念着的切·格瓦拉，据说，他们常常一起出海打鱼。他在这里完成了《丧钟为谁而鸣》和获得诺贝尔奖的《老人与海》。

我独自一人徘徊在维西利亚庄园里，直至黄昏。

美丽的哈瓦那让人依依不舍，耳边仿佛响起那首著名的古巴民歌《鸽子》："当我独自离开哈瓦那海港，没有人知道我是多么悲伤，填上飘着明亮金色的彩霞，亲爱的姑娘，靠在我的身旁。"

哈瓦那，再见。

明天，你好。

在路上，邂逅最好的爱恋

05

记得这俗世里的爱情

"有一天，
我们的文明整个地毁掉了，
什么都完了
——烧完了、炸完了、坍完了，
也许还剩下这堵墙。
流苏，
如果我们那时候在这墙根下遇见了"，
总记得《倾城之恋》里这段话，
也总记得香港的这堵墙，
记得这俗世里的爱情。

你写PPT时，阿拉斯加的鳕鱼正跃出水面，

你看报表时，梅里雪山的金丝猴刚好爬上树尖，

你挤进地铁时，西藏的山鹰一直盘旋云端，

你在会议中吵架时，尼泊尔的背包客一起端起酒杯坐在火堆旁，

有一些穿高跟鞋走不到的路，有一些喷着香水闻不到的空气，有一些在写字楼里永远遇不见的人。

在一个加班熬通宵的五月夜晚，查数据时偶然看到上面的话，咖啡过浓所带来的不适，顿时也消散了，心里升起片刻柔软。

决定用它来做我迟迟没有动笔的香港游记的开篇。

从香港回来有一个月之久了，游记却迟迟无从下笔。

是因为不够爱那里吗？

恰恰相反，当我穿行在维多利亚公园看到悠闲踱步的鸽子，或者在细雨中眺望海港城，或者在兰桂坊的酒吧里用蹩脚的英文跟陌生的女子聊天时，再或者信步走进皇后大道关联着的任何一条街旁的下午茶店，点一份意粉或叉烧饭再配一杯浓郁奶茶时……都深深地陶醉在其中，想着若能长久地生活在这里，该是件多么美好的事情。

是因为离开太久记忆模糊了吗？

也并非如此。夜色里从容穿行着的红色的士，凌晨一点，二十四小时便利店里的寂寥空气，许留山甜品里纯正的芒果味道，以及我在夜里八九点坐在空荡的荃湾线看到的一对恩爱小情侣的甜蜜笑容，时时像过电影般在我的脑海里闪过，在我加班的时候，开会的时候，在熙来攘往的金鼎轩端着餐盘找一个合适的位置的时候，在加班到凌晨伸个懒腰站在窗口看到城市的天空由灰转为深蓝再转灰蓝

05 香港：记得这俗世里的爱情　　agg

再到看到太阳渐渐晕散光辉的时候。

于是,在这样一个深夜,我放下了那永远也加不完的班,开始记录,我记忆中的香港。

虽然这记忆是短暂的,却也足够深刻。

总有人黑着眼眶熬着夜

你是否也和我一样,在到香港之前,对这座城市有着诸般的想象。

是警匪片里恩恩怨怨打打杀杀的香港吗?还是张爱玲的《倾城之恋》里半岛下午茶的暧昧氤氲中的香港?再或者是《天水围的日与夜》里那漫长而刻板却充满着淡淡温情味的香港?还是……

抵达铜锣湾皇悦酒店时,已是午夜十二点。看到酒店前台却没有丝毫倦怠感,Checkin之后,来到位于二十五层的房间。

香港的确是个寸土寸金的地方,四星级迷你酒店,连床也是迷你型的。不过房间倒也舒适干净,所谓麻雀虽小五脏俱全。

更让人惊喜的是，第二天醒来拉开窗帘，眺过灰暗的高楼楼顶，却发现远处居然是一处港湾。将雨未雨的清晨，好几艘大船像未醒的巨兽，静静匍匐在深绿色的海面上。

当晚，放下行李箱，简单地冲个澡，便独自下了楼，钻进了香港漫漫的夜色之中。偶尔与身材纤细面容姣好的女孩擦身而过，跟我一样是一个人，只不过我是暂时路过这里的游客，而等着她们的是温暖的家。还有，说说笑笑的情侣，给宁静的夜晚带来一点生机。

路过一处大排档，大家吃得正 high。心想，夜生活真丰富啊！

而让我心生留恋的香港的夜，却是那一个个横着伸出来的招牌。像古代的酒招。它们静静地挂在那里，你没来时它们便挂在那里，你来了它们依然挂在那里。那参差的立体感，像是一座城市皮肤上起伏的纹理；那从里而外排列的繁体字，凝滞着岁月的沧桑与古老。

我突然好希望，这时候我不是一个人。

希望有个人帮我拍下，我独自仰着头在香港昏暗街头仔细端详每一个招牌时的背影。

是好看的吗？是孤单落寞的吗？

📍 维多利亚公园的菲佣

到达香港的第二天，是个星期天。在酒店简单地吃过早餐，便打算去离住处最近的铜锣湾。

沿着皇后大道，踏着雨霁后的潮湿街道，呼吸着香港早晨新鲜的空气，走过一个个街口。

来到维多利亚公园，绕公园半周，从天桥底横穿过马路，便能抵达铜锣湾SOGO。却没有想到，在公园的里里外外，都是菲佣。

在好奇心的驱使下，我放慢了脚步。

人行道上，有大半的空地都被她们及她们的食盒占了去。我却并没有觉得逼仄，反而会流连在那些食盒里的各色食物上面：彩色花布与菲佣们的衣裙相映成趣，刚开盖的丸子有小孩的拳头那么大，还冒着热气儿，各色肉类与菜品让我这个吃过了早餐的人也咽起了口水。但在我流连其中之时，发现香港本地人倒是已经见惯了的样子。这其中，一定有着十分特别的文化吧？

于是，在结束了这一天的游玩之后，回酒店时，毅然上网搜了搜究竟。

果然，维多利亚公园是菲佣每周日聚餐的主要地点之一。在香港，有着几

十万的菲佣为这里的千家万户服务着。

别看香港人带着英国人那份深入骨子里的优雅，而在工作中的香港人，也是丝毫不马虎的。朝九晚五的上班族也好，做点小本买卖的生意人也好，腰缠万贯的大老板也好，一旦投入工作便基本上没有时间照顾家里。菲佣便成为众多香港家庭里不可缺少的一分子，来照顾他们的日常起居。

在香港，菲佣的合同期为两至三年，当合同期满时，就有机会回国探亲。而很多香港家庭都会在合同期满后与菲佣续约——她们已经把菲佣当作自己家庭的一分子了。

为什么菲佣在香港这么受青睐呢？

这得益于菲律宾的政策扶持。菲律宾政府非常重视海外劳工，每年圣诞节外劳集中归国探亲时，政府就会为她们举行接机仪式，在首都国际机场为他们铺红地毯，设立特殊快速通道。

同时得益于菲律宾的教育体系。菲律宾实行的是双语教育，因此，差不多具有高中以上文化的菲佣们大都能说一口流利的英语。这样，与香港家庭成员沟通时就不存在任何问题了。

再次，可能也是最重要的原因：菲佣大都具有豁达乐观、淳朴善良、耐心忍让能吃苦的品格，这使得她们很容易融入一个陌生的环境；而早睡早起讲卫生的好习惯更是为她们赢来了不少赞誉。

虽然菲佣几乎融入了自己所服务的这个家庭，与家庭成员没有什么本质区别，但是，香港法律规定，每个星期天，晚上八点之前菲佣不得在雇主家里逗留。因此，一到星期天，菲佣们倾巢而出。那么，这漫长的一天里，维多利亚公园、中环一带便成了她们的"栖息地"。

于是，带着精心准备的食盒，与同僚们席地而坐，在闲聊与欢笑中打发漫长时光的菲佣聚餐，便成了香港的一道亮丽的风景线。

铜锣湾，爱上这个名字

在出发去香港之前，被问起最想去的是哪里时，我的回答是：铜锣湾。

可当被问及什么时候开始喜欢铜锣湾时，我却找不到答案。只不过，是喜欢这个名字罢了。

也许想象与现实会有差距吧，但铜锣湾并未让我失望，相反，在铜锣湾的游玩，更加充实了我对这个名字的原本空洞的喜爱。

这是个传统而又现代的地方。

位于香港岛的中心北岸之西，是香港的主要商业及娱乐场所集中地。有许多家大型百货公司及大型商场，包括：崇光百货、时代广场、利舞台广场以及世贸中心。这里更是五步一个卓悦，十步一家莎莎。几乎囊括了所有价位所有品牌，能够满足所有阶级的不同需求。

当然，更令人向往的还是分布在街头巷尾的餐厅、甜品店、下午茶店，逛累了，随处拣一家店进去，都能得到最好的休憩。铜锣湾闹市之中，到处可以找到美食，如渣甸街、骆克道及利园山道，可吃到潮州打冷、京沪小菜、越南小食、甜品、特色私房菜等，选择繁多。

05香港：记得这俗世里的爱情

而我，从到达香港，直到游玩结束离开，都对香港的下午茶餐厅情有独钟，在铜锣湾当然也不例外。逛完崇光SOGO，已是下午两点，我便选了一家下午茶餐厅。

在这里点了一碗面，一杯奶茶，才花了三十六港币。

也是在这里，我第一次尝到了浓郁婉转的香港奶茶，并让我从此爱不释手。在回到北京后的许多日子里，仍然念念不忘。

在铜锣湾，另外一件让我念念不忘的事，是在时代广场碰到了哥哥张国荣的十周年纪念展。名为《继续宠爱·十年纪念展》。环形大厅里，哥哥的半身像高达六米，人们纷纷上前合影留念。

那时候，看他的《重庆森林》《霸王别姬》，还有那个宁采臣，心想，怎么会有如此美好的人存在。

那时候，深夜里爬百度贴吧的高楼，仅仅是为了看哥哥和唐唐至死不渝的爱，而自己一个人抱着电脑在被窝里哭得死去活来，心想，世上怎么会有这么完美的爱情存在。

而我现在，居然就站在他去世十周年纪念展上。并且，在此之前，我毫无预期和计划。

听说，前几天晚上，哥哥塑像的手上，落了一只蝴蝶。听说，不少荣迷在这里泣不成声。

还听说，开幕的时候，唐唐也来了。也许，再早几天来香港的话，会邂逅所有的听说。不过，想到竟然在毫无预期的情况下，赶上这场纪念，本身便是一种值得珍藏的邂逅了。

我想，我的这次铜锣湾之行，会因为哥哥而变得有所不同。

据说，入夜后的铜锣湾避风塘显得热闹而繁忙，只见船只灯火通明，穿唐装衫裤的艇妹摇橹，接送游客往来于海鲜艇、酒吧艇及歌艇之间。现在，铜锣湾已成为尖沙咀以外最重要的旅游区。而且，铜锣湾购物区亦是全世界租金第二贵的地段，仅次于美国纽约的第五大道。

遗憾的是，我并没有留在铜锣湾看夜景。

但是，在铜锣湾买到了几乎我来香港需要买的所有东西：新款 iPad 3、巴宝莉香水、LV 的包包、Gucii 的口红、马克雅可布的手表，以及 miumiu 的粉红色钱包。然后，背着沉重的战利品返回酒店，稍事休息，奔往下一站：中环。

在中环遇见浪漫

曾经看过这样一句话：香港最美的地方在中环，香港最落魄的地方也在中环；香港最奢华的地方在中环，香港最平民的地方也在中环；晚上七点早早收场的店铺在中环，彻夜不眠的也在中环。总之，在中环，你可以从它的变化多端里，了解香港。

中环，就是香港的缩影。它虽不是香港的心脏，却是香港的原住民如数家珍的地方，亦是外地游客不愿意错过的地方。

暮夜交接时分，我在靠近上环的一间九记牛腩里，点了一碗清汤牛腩面。想着，等夜色浓了，华灯亮了，中环，肯定会给我不一样的观感。所以，暂且让我享用这美味的面吧！

老板忙到永远没有时间看你一眼，而来来往往的顾客自得地享用着美味的汤面。轻轻捞起一股面，吹两口气，扑面而来的香味直逼味蕾，我咽下一口口水，偏偏脑袋让眼镜上的雾气散去，大大地咬一口。然后，旅途的劳顿与独自漂泊在异乡的孤独感，便一扫而空了。这真是隐藏在古老而喧闹的中环街巷中的美味啊！

一碗面下肚，幸福感指数直线攀升时，踱出面店，投入中环那迷幻而浪漫的世界中。

中环的浪漫，绝不是虚无缥缈的。在依山形铺设的街道上，每上一步，都有踩着大山雄厚臂膀的坚实感，每下一步，都有被紧紧托住的安全感。就像年少时，站在高高的台阶上不敢往下时，大人仰起头高高伸起双臂，说："宝贝不怕，跳下来我接住你。"然后，你就真的跳了，也真的被接住了。

接下来我要找的地方是兰

芳园,这间从1952年就开张的老店的主人林先生也是港市鸳鸯的创始人。所谓的当奶茶遇到咖啡,才碰撞出了独一无二的鸳鸯口味,据说,如果一对情侣在兰芳园一起喝上一杯浓浓的奶茶,那么,他们之间的爱情,就会像这丝滑饮料的口感一样永久绵长。

百闻不如一见,进了店铺,点上一杯奶茶,看着店铺中的一对对男女,谈笑之间,眉角眼梢的暖暖爱意,怎能不让人想到地久天长。

告别了店铺门口经常排着长队的兰芳园,继续向着山上的方向前行,顺着卑利街向南进发,和著名的荷里活道交会了。

这是一条历史感与时代感交错成趣的街道。在导演陈果的电影《香港有个荷里活》中,这条全香港第一条正式修建的马路代表了一座城市的新面貌。在荷里活道的中央,有一个香港的本地创意产品品牌g.o.d.的分店,不大的店面里,却

展示出一个纷繁复杂而时空错乱的香港。这个始创于1996年的相关创意品牌贩卖的是"旧时尚",各色充满了20世纪50年代风格的衣服和家具用品都是直接拿来老物件的复刻新品,充满了广东式文化与港式流行的玩笑。

走出g.o.d.,沿荷里活道一直向东走,邂逅了一家安静的小书店。看热闹的街景与如织的行人,我猜想自己很可能置身于中环的中心地带。

小书店的静,与街上的闹相映成趣。

这家店,就是充满了书香之气的"流动风景"——flowagain。踱进小店,发现里面的书均是二手,但令人惊讶的是大都保持着较好的品相,反倒比全新的书多了一层时光的沉淀:翻着那些书,我会想,这本书的主人,会不会在某个午后,在洒满阳光的窗台前读过其中的某一页;再或者,在雨夜无法入眠时,细细品咂过某一页的某一段……此时,与在铜锣湾逛的诚品书店游览来说,完全是不一样的心境。

走出小店后,我漫无目的地在街上穿行,远远地,看到一家酒吧门外站着坐着的人,有的端着酒杯,有的正和同伴耳语。路过他们,左拐右穿中不停地有相似的街景,估计是到了酒吧区。果然,看到了一个指示牌,白底黑字上书"兰桂坊"。

随意进了一家酒吧,拣了一个离调酒师近的空位置坐下,点了一杯鸡尾酒。忘记了它的名字。只记得杯沿上嵌着一颗红透的樱桃,鲜艳欲滴。

那颗樱桃,连同从酒吧望出去那堵墙上的涂鸦画作,成为我对于兰桂坊的所有记忆。

当然,最后我不忘去荷里活道67号的七一吧。七一吧是香港文艺中青年的聚所,面积不大,酒不少,墙上是各种签名和语录,内墙的壁画由香港艺术家黄仁逵操刀,油彩依然鲜亮。人们在此聚会无非是讨论一些相熟的话题,无论是屋里还是院外,大家都好像是相熟的,即便喝醉了也会得到照顾。

在年轻的夜晚,坐在七一吧门口的小院儿里面喝酒聊天,然后看看屋里新的展出作品，喝完酒的眩晕感觉，伴着屋子里展品的艺术气息，我的中环之行，画上了句号。

弥敦道的浮生半日

去香港之前，朋友说，一定要去弥敦道。于是，在我香港游不长的几天里，便有一天专门逛弥敦道。

说是一天，其实等我睡到自然醒时已近十点。洗澡，去酒店楼下便利店买块面包，再烧一壶开水，冲上奶茶，悠悠的一顿自制早餐结束后，已近中午，这才出发去往弥敦道。所以，在弥敦道的这一日，我戏称它为：浮生半日。

并没有打的，而是选择离酒店最近的天后站乘地铁去。地铁上人潮拥挤，耳朵听见的全是粤语。好在，香港地铁那悦耳的报站声，跟北京地铁的竟然是同一个声音，除了地名十分陌生外，我甚至会在一恍神的时候，觉得自己是在北京。行至尖沙咀站，出地铁，涌进地上的人潮之中。

弥敦道是由尖沙咀伸展至九龙半岛以北的界限街，长得似乎永远也逛不完的样子。

一整天，我就在这些大大小小的商场与店铺里，逛到了华灯初上。

入夜后的弥敦道变得更美，各式霓虹灯、招牌耀眼地闪烁着，熙来攘往的人流穿梭如鲫。

街道尽头，独具一格的香港文化中心展现在眼前了。它由太空馆、演艺场馆、艺术馆三部分组成。三座宏伟的建筑各具特色，太空馆外形呈米色半球形，演艺场馆设计得非常现代化，艺术馆则是香港第一座纯粹作为博物馆的密封式建筑。它们有致地摆放在大理石铺的华丽广场上，呈现出浓浓的文化意韵，共同营造着港岛这个融合多元文化的独特形象，一洗商都——文化沙漠在我意念中的留痕，使郁积焦躁的心智还原于平静。

文化中心的里侧是酒店区：喜来登、新世界中心、香格里拉、美丽华、海景假日、丽晶、马哥孛罗、香港大酒店，多不胜数。撼动我心魄的是气派非凡的半岛酒店，它在此建得最早，于1928年建成，至今仍是世界十大酒店之一，也是香港新十景之一，名副其实的香港标志性建筑。

人们到这里来，再不只是为了吃喝填肚子，站一站，沐浴清凉的海风；看一看，店门前奔涌的喷泉；走进去，听听音乐，喝杯茶聊聊天，都是在感受一种厚重的文化来陶冶情操，抖落一些商都熏染的金钱气味，补充一份闲舒和从容。

文化中心外侧便是著名的维多利亚港湾，这个连接太平洋与印度洋的世界级天然良港，这个承接第一位港督又送走最后一位港督的历史驿站，今夜，航船远去，水波不兴，复归平缓而宁静。这边的堂皇大厦，对岸香港本岛上的万家灯火，连同一钩弯月都映进海水里，幽深，秀美，一百年，容颜不改。

一百年？

一百年在人类历史上不过是弹指一挥间，而香港人，却经历了少有的东西文化撞击、对抗与交融、吸收，承受了中华民族最深重的屈辱。而你再看这条繁华的街道，何曾有过半点埋怨历史不公的样子呢？

在弥敦道街头站立，凝视水中的月亮，弯月如钩，勾着我的回顾、我的思索、我的期盼，在浓郁的文化氛围里，我深深地感触到香港的灵魂。

📍 太平山上的波兰少年

许是逛弥敦道太累了，那一夜，睡得特别沉。

梦里，我举着一把碎花小伞，走在漫长的弥敦道上，在四处寻找一家叫作"林荫"的饰品店。走啊走啊，远远地听到一首熟悉的旋律响了起来。

是《天空之城》。

我一边心想，我马上就要找到那家店了呀，闹钟你千万别叫醒我。可我还是在《天空之城》的闹铃声里醒了过来。

然后，草草收拾一下，去酒店吃完早餐，背上单反，便往太平山顶去了。

上山坐的是缆车，看看那根巨大的钢索拉动着装满人的车往山顶运行，心里还是有点怯怯的，但是周边的风景实在是太美了，这点小怯很快就被冲淡了。同车的还有一群外国少年，看起来都在十七八岁的样子，个个意气风发，有点少年不知愁的味道。

我突然想起，十七八岁的自己，那时候在干什么呢？

我正在读高中，永远也考不完的模拟考，永远也讲不完的考卷，以及遥遥无期的暑假，还有那压在我心头的高考。而这些少年，不断地摆着pose，拍着照片，玩到开心的还唱起了歌。

到了山顶后，我在那里拍照，一回头，又见那群意气风发的少年。他们排着队，站在我身后，原来他们也想拍这个景儿。我笑笑，将这个取景极佳的位置让给了他们，这些外国男孩便拍起了照，一会儿我帮你拍，一会儿你帮他拍。其中，一个缅甸的男孩站在一旁，我们便聊了起来。原来，他们来自波兰，到香港参加一个活动。

于是，接下来的行程，我与这群波兰少年结伴同行。

我们一起逛了杜莎夫人蜡像馆。我用不太熟练的英文一一向他们介绍见到的蜡像。见到李小龙的蜡像时，他们居然能够摆出武打动作，并伴随着李小龙招牌式的"吼哈"声；见到哥哥的蜡像时，其中一位男孩轻轻地哼起了"我就是我，是颜色不一样的烟火……"我仔细听，居然还是用中文！

或许是受到感染，我也轻轻地哼了起来，直到将整首歌唱完，我们这才依依不舍地离开。我告诉他们，我才刚刚在时代广场偶遇过哥哥去世十周年纪念。想不到，他们竟是专程去铜锣湾时代广场悼念哥哥的！

原来，艺术的力量，真的是跨国界的。

从蜡像馆里出来，我们便一路穿行在凌霄阁里的各色美食间，流连忘返，只等夜的到来了。

是不经意间，仿佛香港的灯是一刹那之间全亮的。当同行的波兰伙伴其中之一大呼："Oh my god, It is beautiful！"时，于是，我们顺着他手指的方向望过去，这才发现，香港的夜景尽收眼底。

再没有哪座城市，拥有如此耀眼璀璨的夜了！

再没有哪座城市，能让我这个怕黑的人如此渴望夜的永驻了。

然而，毕竟是在途中，毕竟，那几位波兰少年与我只是于途中邂逅，终须一别。

走，到半岛酒店喝下午茶

在香港，流行着这样一句话：住不起半岛酒店，就到半岛去喝下午茶。

半岛酒店有一条规定：除了下榻半岛的客人，大堂下午茶不接受任何外来预约。因此，等候喝茶的人在酒店大堂内侧走廊站立排队，已成为香港的一道风

景。这其中,不乏达官贵人、社会名流。

半岛拒绝"狗仔队",也正因为半岛酒店有严禁在大堂拍照的规定,那些衣着光鲜的名流,才能在这里毫无顾忌地享受一顿惬意的下午茶。

因为下榻之地不是半岛酒店,所以无法提前预约,于是,为了享受一次半岛酒店的下午茶,加上从住的地儿赶到半岛酒店,再加上那里排的长得吓人的队伍,我基本上用去了一个白天的时间。又花去300多元港币外加15%的服务费,这个价格在香港大街小巷随处可见的下午茶餐厅里,可以够七八个人消费了。

但是,在平民化的下午茶餐厅里,是决然见不到这种典雅、闲适的气氛的;也没有如此高大的空间与低回的音乐,更见不到身着经年不变白色制服的服务生,以及那些打扮精致考究的品茶人。

有人说,因为有了张爱玲,因为有了《倾城之恋》,才有了暧昧的半岛下午茶。

半岛的下午茶有着许多拥趸。不光是明星们喜欢来此悠闲,港府的高官有时也在这儿招待宾朋,甚至还有一些中产阶级分子亦常在此小坐,为的是慢慢梳理那一丝怀旧的情结。偶尔还可以看到衣着光鲜却难说时尚的老妇人,坐在那儿神情迷惘,也许是想借此熟悉的场景勾起往事的回忆,再来半岛重温旧梦。图个新鲜的也有,内地旅游团有人就把这种消费作为景点,特地从下榻的港岛跑来见识一下。再有就是住在半岛的客人请客或被请,纯属偶尔奢侈慰藉一下那颗紧张而又疲惫的心。

内地喝茶是一件非常轻松的消遣,所以去茶楼从没听说要更衣换装。可在半岛,原先所有来喝茶的人,无一不是西装革履,流苏粉黛。对于这一点,随意惯了的内地人很不以为然,觉得这样反倒有悖闲适的初衷。其实这是跟随英国人的传统而来,香港人觉得在半岛喝下午茶是一次很典雅的聚会,于是便沿袭下来。很多上流社会的女人不太喜欢那种风尘仆仆不修边幅的男人,头发乱成鸡窝似的,衣领四周到处是头皮屑,西服的皱褶一眼就看出没有熨烫,显得很没有品位。所以,一般只要有女宾在场,男士肯定要认真整理一番,以显示对女性尊重的绅士风度。

香港人长期受英国殖民地文化的影响,非常在意身份和场面。所以,有人往往将这种类似上流社会的活动场所视为品位,而并不在乎收获了什么。于是,今天在半岛见着了谁,昨天有谁在半岛补拍镜头,反倒成了喝茶的人一条津津乐道的谈资,如果有机会得到名人的签名,那更是成了千载难逢的荣耀。但有一条是肯定的,就是无论平民百姓,还是高官贵胄,到了半岛,所享受的礼遇是平等的,绝不会出现内地那种三六九等之分。也许,你在半岛跷着二郎腿喝茶,美国领事馆领事或港府某位司长抑或某个当选影后港姐谁谁谁的,没准就在你的身后排队等候。正因如此,港人对半岛既有向往更有信赖。如今,到半岛去喝下午茶,倒真的成了香港人名副其实的"倾城之恋"。

半岛的下午茶曾是海派著名作家张爱玲的最爱,这种说法至今仍然还在流传。为此,我花费了不少工夫,查阅了大量的资料,都没有找到准确的佐证,估摸也就是红花绿叶式的对半岛的陪衬。确有其事的是,香港著名导演许鞍华在实景实拍电影《倾城之恋》过程中,主人公白流苏和范柳原相恋时的浅水湾酒店因遇拆迁,故将《倾城之恋》重头戏的场景改挪到了半岛,结果以讹传讹弄假成真,也许冥冥之中恰好契合了张爱玲生前的一个夙愿。

西式茶的花架子很多,不似平日里在茶楼喝茶那么实惠。半岛下午茶的西点名头复杂,每一道糕点都有一个很洋气的名字,不像我们随便叫个"老婆饼"、"蛋黄酥"什么的。服务生报了好几种名称,可惜我都没记住,也对那一大串生涩的英文单词丝毫没有兴趣。此前就已知道半岛的西点很有特色,便特地点了一种提子松饼和一款小蛋糕——"提拉米苏"。据说,那个叫"提拉米苏"的蛋糕后面还跟着一个故事:二战期间,一位意大利士兵即将奔赴战场,心急如焚的爱人因为来不及烤制精美的蛋糕,只好手忙脚乱地将鸡蛋、可可粉、蛋糕条做成粗陋速成的点心,再满头大汗地送到心上人的手中。因此,那点心又叫"带我走"。食物虽然简单,却甘香馥郁,满怀着深深的爱意。

战争和爱情,蛋糕与情调,能把这些看似毫不沾边的东西糅合得如此罗曼蒂克,大概只有在西式茶里才可以看得到。

所谓英式下午茶套餐就是一个有着三层架子的点心格式,第一层为三明治,第二层是传统英式点心SCONE,最上面的是水果塔。我们隔壁台子上的几位大概是韩国人,正襟危坐一丝不苟的,餐巾刀叉一样不少,完全是一副领受上帝恩赐食物的感恩模样,我看了感觉很替他们累得慌。半岛下午茶所有盛着食物的餐具都是纯银打造的,全酒店共有4.8万件这样的银器,每天都需开启八部打磨机擦拭,所以从1925年至今,这些餐具摆放在云石材质的餐桌上,始终保持亮丽如

在路上，邂逅最好的爱恋

新，光彩照人。

我独自坐着，时不时装出一副慵懒随意的样子，斜靠在舒适的椅子上。大堂的灯光特地调成这种不明不暗的亮度，蜡烛在一只银盘子里闪烁着，擦拭得雪亮的银质三层糕点架也跟着飘忽起点点荧光。整个大堂没来由地突然沉默下来，也许是因为乐队正演奏起《过去的好时光》，低音萨克斯的旋律犹如胸腔里滚过一阵闷雷，震得你一杯在握的双手，竟有些颤抖起来……

白瓷杯里的茶汤浓得有些发苦，恰好抵消了"提拉米苏"逗留在舌尖的那一抹微甜。香浓的咖啡以及烘焙西点的味道，格外地柔情、温暖，一如儿时的堂屋间，父亲宽厚而敦实的怀抱，以及那青青的下巴扎过来的胡须的温暖气息……

时间从门童拉开雕着门神的大门中悄然离去，一眨眼一个下午近三小时的光景就这样流逝。放眼看过去，210个座位依然是座无虚席。乐队除了每周一下午之外，演奏的永远是古典乐曲，不知道是什么背景。我们站起身来，耳边似乎响起《倾城之恋》中的对白："这里是全香港最好的舞池。"

就这样，度过了无酒却微醺的、我在香港的最后一个下午。

06

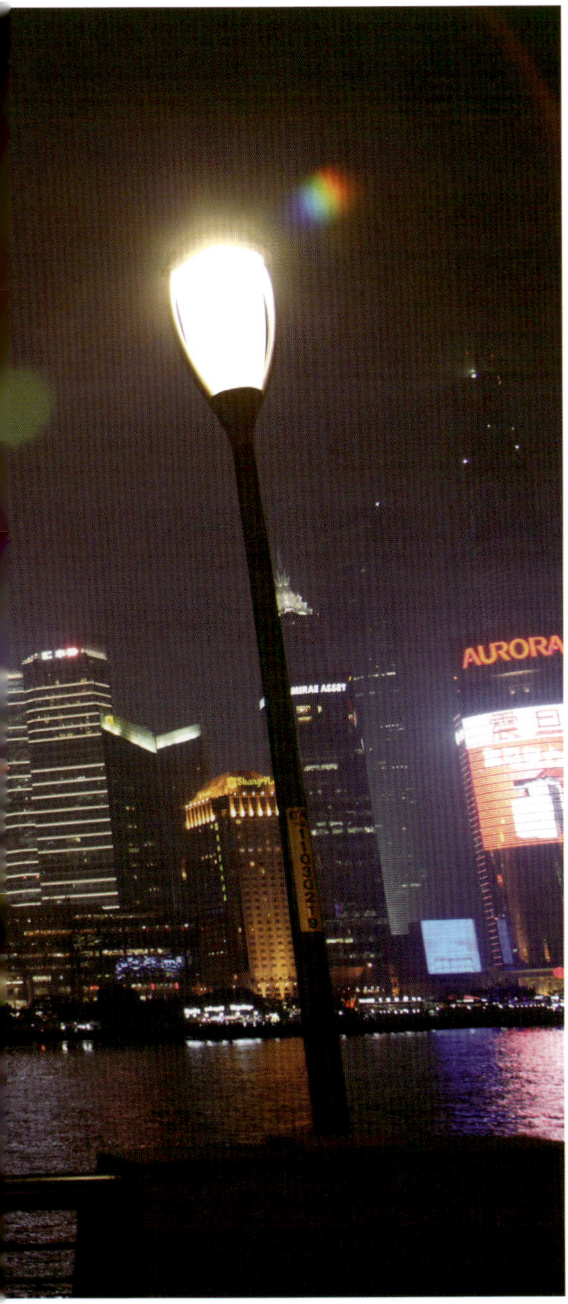

醉在迷蒙中
的夜晚

也许是受到《告别薇安》的蛊惑，

感觉上海是座现代而小资的城市：

地铁里的神色阴郁内心残缺的男子，

外表精致神色冷漠的女人。

在等待车来的时间，

遇见，

就从这一刻开始。

一座老洋房，一场旧梦

从什么时候起，上海在我心目中变成了一场繁华旧梦。

《上海滩》里风云变幻，爱恨情仇；《上海探戈》里，翩跹舞步，舞出十里洋场的纸醉金迷、悲欢离合……

而王琦瑶在上海深深弄堂里上演的《长恨歌》里，上海是使着小女人性子的梅雨季风，是日复一日家长里短的深深弄堂，更是落寞感伤的漫长作别。

寻梦，应该是一个郑重的、有仪式感的事情。所以，我没有约好友同行。只想一个人静静地去，然后再静静地回来。

走过徐家汇那一幢幢老洋房，色彩单一，却不由得令人泛起别样的心情，也许，这就是怀旧。寻找到的，是上海人骨子里的旧梦。

上海没有太浓重的历史。她不像北京，有着漫长的时光长廊可以追溯；更不像古老的南京或西安，朝代兴衰中有太多的痕迹可以依循。

上海，没有历史，但也从来不缺故事。这些故事，便都凝聚在那五千多栋老洋房里。那些各式风格的建筑——中西杂糅的，哥特式的，希腊式的，英国乡村式的，法国古典主义式的每一块玻璃，每一处棱角，每一处装饰，都是故事。

上海的老洋房大多集中在今天的徐汇和长宁之地，李鸿章的丁香花园、正广和大班的寓所、丽波花园、高安公寓、荣德生私宅、席家花园……它们几乎都有属于自己的一段历史，若干故事。

闹中取静的地理位置，一段波云诡谲的时代沉积，十分有限的保存量，以及不可再造性都让人们对老洋房的热度有增无减。

高陡的红瓦屋顶，装饰华丽的山墙和木敞廊、角塔、屋脊小塔和挑楼用木架构成的德国文艺复兴建筑风格；外表有亮丽的色彩，屋顶坡度较缓，门窗带有螺旋形柱子，花园面积较大的西班牙建筑风格；以古典式作为建筑造型的主要元素，多采用古罗马的半圆形拱券、厚石墙、水平向厚檐，强调建筑的稳定感的意大利文艺复兴建筑风格，甚至希腊、阿拉伯风格你都能在散落各处的老洋房里对号入座。

岁月更替，上海的老洋房跟苏州的园林一般，几乎都避免不了几易其主，并在不同的年代里，承担着不同的功能，为不同的人，敷衍着不变的旧梦。

作为住宅，人们日日身处其间，在每一处角落里，倾听过去的一切回响。

作为医院，又是以厚重与历史间或着医院特有的味道，让病人们身体的伤，先从心灵开始治愈。

作为餐厅，繁华旧梦与琳琅的美食更是相得益彰。

于是，昔日光彩华丽的老花园洋房便都变成了表面风光、内里腐旧的老房子。

所以，过去的许多年里，上海人做的一件说大不大，说小不小的事情，便是针对这些老洋房的翻修。老屋翻新是项极其浩大的工程，在屋主对其整修的时候不得不将那些看似完好实则被白蚁蛀得体无完肤的地板全部掀掉，然后杀虫，铺上新的；墙体的裂缝需要一一修补；而且全屋水电管道重铺；卫浴设施更新；中

央空调的设计安装,等等。

　　但即便是颓败了的老洋房,却仍然像是旧日的淑女名媛,静静地,像王琦瑶一样,像张爱玲一样……让人隔着一层纱一层雾一样的若即若离,却无比向往。

　　在其间,你还是会寻找到她们昔日的幽雅身影。盘旋而上的楼梯,精雕细琢;静立在客厅一角的壁炉,目睹了历史的变迁;铸铁的盘花栏杆还在俯瞰着幽静的路上"法国梧桐"的茂盛和凋落;各类风格的尖顶,组成了形式各样的阁楼,这些都是在老洋房翻新的过程中,屋主们不忍舍弃的一角,在经过修整、防腐处理、重新涂装之后这都可以成为老洋房的亮点所在。做工精细的把手,屋顶的石膏雕饰,卫生间的马赛克拼画地板等,同样是值得保留的细节。

　　徐汇区有两千多座老洋房,而这两千多座老洋房,又岂止是两千多个故事。

　　单单一个丁香花园的故事,坊间流传的就有四个版本:有说丁香花园是李鸿章藏娇之所,此娇便是他的七姨太,名丁香;又有传说丁香花园是李鸿章庶出之子李经迈名下,李鸿章觉得此子不争气而给予他此房产,以备他穷途之时讨生活用;又有传说丁香的父亲是个武官,在与太平军作战时殒命。因为丁香不甘心做小老婆，在天津与合肥时，便与李家门中的人及李的正室不和，李鸿章也知道自己年老，便委托盛宣怀在上海为她置办一笔不动产。盛氏心领神会便在海格路（今华山路）购置土地2.67公顷，建造了一座新颖的别墅和西式大花园，园内种植了许多丁香丛，甚是高雅。后来人称为丁香花园。

告别了丁香花园，我来到了早已成为上海音乐学院的一部分的蒋宋旧宅：爱庐。

蒋介石与宋美龄结婚前，在上海的住所大多是临时的，直至到了1927年蒋介石与宋美龄结婚，两人才在上海真正安置了一个家。

不过这所住宅也不是蒋介石掏钱买的，而是他大舅子——宋美龄的哥哥宋子文买来作为宋美龄的陪嫁。这幢法式花园洋房位于法租界贾尔业爱路9号（现东平路），由一座主楼与两座副楼组成。副楼位于主楼两侧，分别是侍从人员、警卫人员的住所及工作室。主楼坐北朝南，由造型不一的东、西、中三个单元组成。

东侧副楼是学校的行政办公楼，主楼东侧二楼原是蒋介石、宋美龄的卧室及卫生间，且有一秘密暗道，发生紧急情况时可从暗道直达楼外。现在卧室与卫生间已打通，成了学生们练琴的教室，只有那个逃生的暗道仍然保留着。主楼中间单元底层，现由学校出租给高华纺织品有限公司做办公室。主楼南面原有一占地30多亩的大花园，现已大大缩小，只有三四亩大。顺着花园往前走几十步有一汪池水，池水旁有一前一后、一大一小两座假山，在一块突兀的假山石上，镌刻着蒋介石亲笔题写的"爱庐"两个大字，今天依然清晰可见。蒋介石把庐山牯岭别墅称为"美庐"，把杭州西湖的别墅称作"澄庐"，把上海这所住宅称作"爱庐"，可见他对这幢洋房的喜爱。

不管故事的本来面目是什么样，像丁香花园或爱庐这类宅院深深的老洋房里，墙外行人的世界或奔忙，或喧闹，或无奈，而每每他们走过那高高的围墙时，都会猜想那墙里的时光有多美，佳人笑得有多甜了。

所以，那一个个故事，便是上海人用美妙的想象填补出来的，那些繁华神秘成了上海旧梦。

这里没有798，只有田子坊

我刚发完朋友圈，就接到电话：我在——著名的——田子坊，你在哪？过来喝点啊！

著名的？我在脑子里拼命想。

或许是受到朋友的感召，抑或是受北京798的影响，我一直觉得，没有什么比艺术更能真而贴切地感知到历史与旧事，一个又一个的艺术品才是真实地还原每一个它所见证的当下。

于是，打车到了田子坊与朋友会合。

高大的梧桐树在并不宽阔的街道两旁，执着地撑起一方布满绿意的天空。正是晌午，太阳见缝插针地照射进来，喷水风扇不停地摇摆，倒也不觉得那么难耐。

刚刚踏进这里的巷弄，我便就已经感受到扑面而来的上海气息了。同时感受到的是，充满故事的上海旧时光。

田子坊一直是热闹的，文艺青年们三五成群，各色美食十里飘香……难怪老艺术家们更是将这里当作安放自己梦想与灵魂的场所，当然，这里更可以说是老上海人家。

排了半小时的队，我们终于买了两串炸土豆片，土豆片一圈圈地穿起来，一串足有半个土豆，看上去金黄金黄的，很有食欲，要说味道，比肯德基里的薯条好，比乐事薯片又多了几分香香厚度，或许是因为太新鲜了吧。

我们继续逛，在这个特色的集市里，每一样物件都让我们欣喜不已。有清朝

06上海：醉在迷蒙中的夜晚

时流传过来的眼镜、钟表，有风格迥异的画作和摄影作品，而它们都清清楚楚地有着老上海的鲜明印记。我来来回回在弄堂里穿梭，试图走遍这个横竖交错的迷宫，寻找每一处值得被发现的美。从来没有一个地方，如此自然而妥当地，将生活与艺术结合得天衣无缝，这件事情本身，就是一个艺术品。

　　里弄之间，依然住着一些本地人，或许我们会觉得很嘈杂。而他们并没有被世界各地慕名而来的游客扰乱，他们在红砖的小楼里低调固执地生活着，在他们看来也许这就是最质朴和安逸的居所，是最简单的生活状态。

　　因为他们对这方土地的爱很是深沉，他们用一直以来沿袭的状态生活着，他们依然骑着自行车出门，在楼和楼之间默契地共用几根竹竿晾晒衣物，或许刚好碰到对面有人还能拉上几句家常，再或者还可以搬个小椅子穿着睡衣坐在弄堂里晒太阳。

　　小店和画廊之类是拒绝拍照的，有的时候在生活区的墙上也会看到写着"私人住宅，请勿拍照"之类的字样，也许那是他们不希望被外界所扰的唯一宣言。

　　如果说天成里和平原坊的每个角落都依然充斥着市井气息，那最东边靠近思南路的210弄，就带有点儿不食人间烟火的清高感了。各种艺术家的工作室和画廊在这条小巷子里挨户排过去，还不乏古玩店、旗袍礼服店和陶艺馆，还有一个

四合院休闲区。

　　这就是田子坊。新上海关于旧上海的文化地标，艺术创意的文艺风向标。各种创意小店、名人工作室、咖啡馆、餐厅在几条交错的弄堂里散布，在上海老民居和新作坊混杂的巷口里弄伸展着自己的独特。

　　最后，我们买了一套别致而且带有寓意的茶具、餐具和一些小的工艺品。然后，在中式、东南亚式、西式的等各种风格中选了一家酒吧。喝喝酒，聊聊天，发发呆。

　　如果你能亲自行走其中，希望你也可以找到自己最爱的那一抹亮色。

🎈 人民广场，跨世纪的沧桑

　　人民广场上透着光，古典的大本钟嘀嗒嘀嗒地流淌，一段流浪的忧伤。

　　这段旅途，我不是一个人。

　　我就站在黄昏的人民广场，那群白鸽背对着夕阳，那画面太美，以至于我不敢看。

解放前，这里就是著名的"远东第一跑马厅"，抗战期间又是日本侵略军的兵营，解放战争中是美国军队的俱乐部。在解放后，变成了上海人民的文化娱乐场所。

现在的人民广场，有市政大厦、上海大剧院、上海博物馆、上海城市规划展示馆等，东西两侧分别为旭日广场和明月广场。整个广场全是绿茵茵的草地，众多的树木，花坛里鲜花盛开。绿化带种植有香樟、雪松、白玉兰、银杏及一些常绿灌木，郁郁葱葱错落有致。

而在广场上喂鸽子，也成了一件浪漫的事。黄昏，羽羽白鸽悠闲地踱步，点点身影穿行其间。

人惜鸽子，鸽子亲近人。终于明白梁朝伟飞去伦敦喂鸽子，是多么惬意的事，是多么和谐的一幅画面。

晚上，中心广场开的喷泉，喷水池中央凸显的是上海的整个版图。这个320平方米的、三层九级下沉式圆形喷水池，是国内首创的大型音乐旱喷泉，由红、黄、蓝三色玻璃台阶组成彩色光环，创造出美丽壮观，富有吸引力的新景观。

若沿着喷水池走一圈，能看到四座紫铜花坛以及用花岗石制成的44只石鼓灯，它们"蹲"在中心广场上，在喷泉关闭时守护她；在喷泉打开时，为她加油。

在四个入口台阶处，还有6组富有传统文化艺术特色的浮雕，分别为古篆书写就的"申"、"沪"、"友谊"、"和平"等，线条生动优美，图案古朴雅致，反映了上海的历史文化及上海人民的美好心愿。

中心广场的东西两侧有两个小广场，东面为旭日廊，形成旭日广场；西面为明月廊，形成明月广场。绿化带主要种植香樟、雪松、白玉兰及其他常绿灌木，总量达40万株，在人民广场外围拉起了长青的"手"。

广场的绿化让人惊叹：占地13公顷的广场，仅绿化就占了8公顷。所以，称人民广场为上海最大的园林广场并不为过。

每天清晨，市民们纷纷来到人民广场绿化地练功、舞剑、打太极拳。而那个音乐喷水池便是绝佳的免费舞池了。

我脑子里像回放一部影片似的，回想起跳广场舞的那些老人。穿过广场人群中间，便有一种心灵的宁静。

站在广场上，那座庄严大方朴素而明快的大楼，便是上海市政大厦了。在上海人的心目中，它是民主和公正的象征。走近一看，大门竖立着十根9米高的石柱，显得无比庄严，用宽大的花岗石为踏步，4层裙楼的外墙用花岗石贴面，象征政权的恒久与牢固；主楼用白色人造石贴面和蓝灰色垂直玻璃幕墙，既清新明快，又象征政权的清正廉明。细部处理上采用了上海市花白玉兰图案做浮雕装饰，加上精致的线条达到丰实的艺术效果。市政大厦既有上海特色，又有时代精神，是上海最具代表的标志性建筑之一。

除此之外，上海大剧院也让我深深地震撼。上海大剧院位于人民广场西北侧，是由法国建筑界久负盛名的建筑大师设计，运用世界上最先进的材料、灯光，以全新的构思向上海人民交出令人赞赏的设计方案。大剧院结构为简洁流畅的几何造型，皇冠般的白色弧形屋顶弯翘向天际。上面有古典的户外剧场和空中花园，形似聚宝盆，象征着上海吸纳世界文化艺术的博大胸怀。

我们倘徉在大广场满目的花树之间，看着或庄严、或古典的建筑，就那么，沉醉在这片安静而和谐的夜色里。

外滩，让夜上海成为一道风景

不知不觉往前走，远远就看到江上架起的一座桥。这座桥，在所有大上海的电视剧里出现，这条江，被人反复提起。影视里，抑或印象里，总是不自觉地出现。

这就是外白渡桥和黄浦江。

　　它们是海岸上的风景线,越是走近,越是激动。走在桥上,黄浦江伴着微风波浪而来,这条路曾经是黄包车与船夫踏出来的纤道,这条路现在依然车水马龙,依然古典与现代感并存,如今,已成为上海永远的象征。

　　外滩就在这里了,东临黄浦江,西面为哥特式、罗马式、巴洛克式、中西合璧式等52幢风格各异的大楼,被称为"万国建筑博览群"。而外滩的精华也就在此。建筑群北起苏州河口的外白渡桥,南至金陵东路,全长约1500米。

　　中国银行大楼、和平饭店、海关大楼、汇丰银行大楼再现了昔日"远东华尔街"的风采,这些建筑虽不是出自同一位设计师,也并非建于同一时期,然而它们的建筑色调却基本统一,整体轮廓线处理惊人的协调。无论是极目远眺或是徜徉其间,都能感受到一种刚健、雄浑、雍容、华贵的气势。

　　东方明珠塔和金茂大厦遥遥相对。这里是上海最美的夜景。

　　东方明珠塔有三个塔球,每个塔球都亮着光芒。塔上的灯光不停地换着颜色,像是璀璨的大宝石在空中旋转。在197米高处是第一个大球,有10个教室那

样大，甚至比10个教室还大。在250米高的地方是第二个塔球，有五个教室大，从这里用望远镜可以看见整个大上海的迷人夜色，非常美丽，要去350米高的塔球，那可不是件容易的事，要排很长很长的队才能乘电梯到350米的太空舱，从这里往下看，行人和汽车就像蚂蚁一样渺小，这体现出了东方明珠塔的高大。

金茂大厦没有东方明珠塔的五颜六色，它的外表是那样淳朴，但是它的内部却是如此豪华的五星级饭店和写字楼，88层是观光厅，这里比东方明珠塔要高得多，这也是有名的世界第三大高楼，从这往下看，行人和汽车都成了小蚂蚁。

沿着黄浦江边走，无论在哪个角度，明珠塔都在中央，在五彩缤纷的灯海中，黄浦江两岸成了一个真正的不夜城。而夜晚，再也不会寂寞。

我靠在江边的栏杆上，江面上的浪花也按捺不住自己的心情，不停拍打着岸边，晚风轻轻拂过我的脸颊，给这炎热的季节增添了一丝凉意。远处传来轮船的汽笛声，外滩显得更加宁静了。

 乌镇

也许只能怀念

故事，总是从相遇开始。

那么，这场遇见的刹那，

你曾经，或者你愿意它在哪里发生？

一个儒雅的古镇，

因为一部《似水年华》而缠绵起来。

来乌镇，

到底是为了旅游，

还是为了追溯《似水年华》？

或者，

追寻一场风花雪月的邂逅，

凝目对视而怦然动心的那个瞬间。

07 乌镇：也许只能怀念

年少时，看黄磊和刘若英的《似水年华》，总记得刘若英的那句"想念不该是这场戏里听歌尽头，而这是你我的故事"。

故事就发生在这个梦一般的地方：乌镇。

它诗意古老，朴素宁静，曾经被世人遗忘，如今又被人追寻。多年以前有过一场悠缓的等待，多年以后还可以淡淡地追寻。曾经，只是一个无意的转身，那位撑着油纸伞结着丁香心事的女孩，走在灵巧的小巷，走在多梦的桥头，走进一段似水年华的故事里，不知还能不能走出来……

也记得了那段隔山隔水的爱情。所以，一度，乌镇对于我来说，就是黄磊扮演的文身上那挥之不去的忧伤。

一个人，活在对另外一个人不可企及的念想上。

故事，能够没有开始就画上句号吗？这样，就是一生一世了吗？

黑的瓦，白的墙，青的石板，绿的水，还有古老民居之间的寻常巷陌，都写满了结局。而终要有一条通往开始的路径。

让你，让我，让多年前那个叫英的女孩，以为那里便是故乡，可是到最后却依旧做了过客。

📍抵达的路

我们都是带着清澈的梦醒来，带着未醒的梦离开。

似水流年，如花光阴，寻常巷陌，平淡记忆，都会在摇摇闪闪的阳光里飘落，逐水而去。

我希望，若干年后，我可以，我能够，用我的笔，记下与江南水乡的萍水相逢，追忆那一段乌镇的似水年华。

刚发完朋友圈，可京的电话就来了："要去乌镇？什么时候去？我去接你，跟你一起去。"

我说："明天一早，起来就去。"

他说："那好，明天在酒店等我，我给你电话。"

我和可京在上海相识，短短几天，算不上熟，但也已不再陌生。

迷迷糊糊地睡去，梦里，泉水叮咚，这种执着的声响把我吵醒，我抓起电话，睡眼惺忪，可京在电话里大喊："起床啦！"我下意识地揉揉被摧残的耳朵，彻底被惊醒了："快去洗漱，然后拎行李下楼，我在楼下等你。"我"嗯"了一声，伸了个懒腰，然后又眯瞪了一会儿。

一小时后，我化好妆，

下楼。他在酒店大厅，看到我后就起身冲到我面前，帮我接过行李箱，还故意摆了个很酷的姿势。

然后，我上了他的车，发现了沙棘汁，还是有一点惊喜的。我不客气地拿过来喝了："嗯，不错，我很喜欢。"他冲我笑笑："待会儿有卖早餐的再去买。"

我看看表，才6点，除非有必要，我很少起这么早。此刻，大街上已有很多车子穿梭，天已经放亮。没想到，这座城市醒得这么早，总感觉上海的夜生活才刚刚结束，新的一天就这么快开始了。

"你平时也都起这么早吗？"我问。

"当然，你以为都像你这么懒啊。"

"哈哈，不过今天我也没白早起，这空气真好。早起，才能不辜负这美好时光。"

"哎呀妈呀，牙全倒了！"

"哈哈哈哈，你要那么夸张吗？"

"嗯，要的。"然后他故作一脸真诚地看着我。

我掐了他一下："认真开车。"

然后我们先聊着，他给我讲乌镇的故事。

车子上了高速后，速度就开始快了很多。我在迅速变幻的窗外景色中，一下就看到了乌镇。

乌镇的表情

乌镇像宜动宜静、宜妆宜素的邻家女子，站在烟雨蒙蒙中，她的一颦一笑，都让人迷醉。

随意地按动快门，闲坐在茶馆或酒吧的时候，一张一张翻看，惊喜地发现，

不管是古朴大门口慵懒的猫,还是不小心闯入镜头的孩子那灿烂的笑脸,再或者被岁月深深刻上皱纹的老人,还有河边的垂柳,柳荫下的水……张张皆美得像梦。当一群兴奋的年轻人从身旁经过,让出身后重新空旷的街道;当你凝视着雨水停留在某个屋檐然后落入河面;当你踩过一块青石板,留心到它上面的青苔和字迹……我的意思是,如果你能在这样的瞬间听到"安静"的声音,你会了解到它其实比喧闹的力量更大,直指人心。即便是最嘈杂的时刻,乌镇仍旧是乌镇。

它的时间,并不是手表上的指针。

而我,又该如何用词语去形容乌镇的每一个表情。

如要说起,乌篷船便是乌镇回忆旧事的表情。

摇一艘乌篷船去看一场社戏,平静柔美的湖面上,唱一首谢军当年的《乌篷船》,点缀了乌镇的夜晚,也成了我记忆中最美的梦幻。

那木船上吱吱呀呀的摇橹声,声声撩拨着静止的时光,清莹的河水打湿了那些易感的情怀。就这样顺流而去,将落日抛在身后,赶赴一场溶溶月色编织的戏宴。无论是戏的开始,还是戏的落幕,甚至只能在薄暮中看一座空荡的戏台,都要一往情深地循迹而来。

美。像乌镇未知的美一样让我怜惜。于是,在心里反复默诵。

船夫摇橹的嘎嘎声划破了宁静的水面，一艘艘载着夜游客的小船，带着一道星辉，在幽幽的灯光下穿梭，也载着他们的梦游弋在这如梦的水乡。

天真孩童是乌镇的另一个表情。

孩子们每时每刻都是快乐的，即使在这样的古镇，也会寻找到最原始的快乐。

只要一有空他们就会三五成群地趴在地上玩"打卡片"，青砖石板路上是最适合不过的，想小时候，玩具缺失，打卡也是我们最爱的游戏。

街边竹器坊中手工制作的竹蜻蜓，孩子们会人手一只，看谁的蜻蜓飞得更高，飞得更远。

街角深处，有一处儿童乐园，在古老的庭院中设计了孩子们爱玩的游戏，他们自是玩得不亦乐乎。而乌陶馆中，孩子们个个有模有样地围上围裙，手持泥巴，学起了陶器制作，随着转盘的飞转，大茶碗、圆笔筒、细花瓶……在孩子们的手下一一诞生，虽然双手沾满了泥巴，虽然脸上、身上都弄脏了，但他们发自内心欢乐的笑声却感染了每个人，那份快乐在陶吧的小屋中、小院中飘荡开来，溢满了每个路人的心怀。

即使萧条和落寞如东栅北街，也是乌镇守望与等待的表情。像黄磊扮演的文，痴痴地信着远在台湾的英有着与他一样的情绪；而热闹如西栅，是乌镇娴静的表情，临河的水阁民宿是规范统一的，街边的店铺大都是百年老店，传统作坊，那门楼上的雕花木刻、招牌上斑驳的油漆都让人感受浓浓的时光韵味，即使是不知名的小店，布置也是十分精致，河岸边的茶馆座椅，是人们消磨清闲时光的绝佳去处。一切对于我这个自小也生长于水乡古镇的人来说，都是如此充满熟悉感和诱惑力。

乌镇的清晨是表情。在晨曦中推开窗户，看薄雾轻绕的河面，听桨橹轻轻划过水面，来往的船只，牵动着我原始的水乡情愫。在楼下早饭后，同去的几位古乐爱好者妈妈，就在桌上摆上古琴，拿出长箫，纤纤十指轻拨琴弦，悠远纯净的

古朴乐音就如潺潺流水般流淌着,配上浑厚致远的箫声,犹如天籁之音,荡涤着每一颗疲惫的心灵,墙上斑驳影印着河水倒映的闪闪波光,这样的琴声、这样的清晨,让人陶醉,久久沉浸于这份远离尘嚣的空灵、静谧中,仿若沉睡在千年的枕水之梦,恋恋不愿醒来。

乌镇的夜也是表情。晚饭后漫步于长街,驻足于古桥,仰头看到照彻古镇的晶莹月光,回头一望灯火阑珊的美丽夜景一览眼下,闭上眼睛呼吸沁人心脾的纯净空气,然后,我便忘记了回到北京后没完没了的工作与世事纷扰。十点后,小镇万籁俱寂。在住处打开窗户,看到窗外的月光如水,洒泻在舒适的床沿边,我的心绪也变得纯净如水,没有半点杂念,慢慢地沉睡在这无忧的枕水之梦中。

乌镇的美食更是表情。清香的菊花茶、香糯的乌米糕、入味的红烧羊肉和酱鸭,还有梅干菜烧饼,咬上一口,松脆喷香,亦成我的满足。

乌镇的文化底蕴是不轻易为人察觉的表情。昭明书院、茅盾故居、香山堂、古戏台、翰林第、徐昌酩画苑……

不管你或我窥到乌镇的哪一种表情,乌镇在笑,乌镇静默,哪怕是在掉眼泪,她都是宁静而美丽的。

我想,我是老了吧。没有经历过世事的纷扰,何以能够深切地感受和读懂这儿特有的风情。

我想,我应该是迷失太久了吧。在俗世中太久,杂念太多,而只有在这里才能远离一切,找寻到属于自己的那份宁静,忘了一切,只为自己,慢慢、细细、静静地品味人生。

西栅的夜

看到"乌篷船",想起周作人;看到"社戏",想起鲁迅笔下的"迅哥儿"。

这两兄弟,虽然有完全不同的立场,写着不一样的文章,笔下对于江南水乡的眷恋,却是任谁也无法遮掩的。

在我深深的思索里,乌镇的夕阳已渐渐地隐去,夜幕开始降临,晚风驱走了白日的燥热,这时的游客也渐渐离去。

静谧的天空与夜色,宁静的小桥与流水,沉默的巷子与行船,没有人招揽生意,没有人大声兜售。

我随意走走停停,感受轻柔的微风与湿润的水汽,漫看深蓝的夜色与昏黄的灯影,让我的心来感受这久违的安宁。

乌镇夜色美得超凡脱俗,无论从构思的精巧,还是气势的宏大而言,都是不容错过的美景。有水有灯的水居,夜色已足够迷人,还有古朴的拱桥,参差的屋瓦，遒劲的老树，精巧的窗棂，石板的小巷，乌篷的灯影，天空中的明月，还有那枕水的古宅，古镇不仅将这一切都写入倒影，更是将桨声灯影流入梦境。

曾经看过迟子建的一篇散文《西栅的梆声》，之中有两处描写，让我至今难忘。

一处是描写西栅的乌篷船以及摇船人：

"西栅的渡船是我喜欢的那种，带篷的木船，梭形，人工摇橹，至多坐6人，既不像大船那样笨拙少情调，又不像只能容一两个人坐的小舟，在水波上活跃得像条鱼一样，让人心生不安。不大不小的渡船，如同恰到好处的鞋子，最适合游人的脚。船家是女子，乌镇人对她们有个亲切的称谓：船娘。而我觉得，女子的性情，最适合在西栅摆渡。因为这儿不是荒凉的海域，需要顶天立地的男人披荆斩棘；西栅是一个宁静的港湾，是个听桨声的地方，由性情多温婉的女子做'掌门人'，再妥帖不过了。船娘戴着斗笠，不紧不慢地摇着橹。虽然落着雨，但岸上投下的灯影，依然盛开在河面上，看来电的筋骨，实在强啊。没有月亮的夜晚，那一团团湿漉漉的橘黄的灯影，看上去像是月亮生出的金发婴孩，是那么鲜润明媚。"

一处是写西栅的梆声：

"正当我要走下石桥的时候，一阵梆声石破天惊地响起，这是打更的人在报时了。打更的人穿行在哪一条巷子，我并不知晓。但这寂寥而空灵的梆声，与教堂的钟声一样，让我身心顿时为之一爽。是啊，这禅意深厚的梆声让我明白，所有的盛典和荣耀，不过是一季的盛花，会转瞬间化为流水。那些相识的和不相识的人，包括我自己，不过是这世界的过客而已。明白了这个道理，你就不会在脱离了灯火璀璨、人语喧嚣的环境后，惧怕一个人走夜路。这复古的梆声，让西栅的夜，白了。"

这两处，是我一直想寻找的，是我住在西栅、行在西栅，致使我构成对西栅所有的想象。

夜游船的经历，在苏州有过，从南浩街万人码头上船，船很大，能承载好几十人；一路上听评弹，听讲解。而在乌镇坐乌篷船的感觉完全不同。

小小乌篷船，漂荡在并不宽的河上，两处民居掩映在璀璨灯光的海洋中。恍若置身一幅色彩浓烈的油画中。我想，我应该更爱它白天的样子。

那种少了人工雕刻的样子。一幅黑白的素描，人与船在画中缩成黑黑的小点。所谓的天人合一，大概就是如此了吧。

而我一直想听西栅的梆子声，却从未曾想过遇见一位白发蓝衫、笑容可掬的更夫。一大群小孩跟着他，赖着不肯走，一定要亲手敲一敲那个硕大的铜锣才肯离去，而一边又笑嘻嘻学他喊话："天干物燥，小心火烛。"

看到他受欢迎的程度，就像是西栅之星。

就这样，抵达乌镇的头一天，乌篷船之旅与敲古老梆子人，都如我所愿。

来过，便不曾离开

"来过，便不曾离开"，在西栅的街巷中、酒吧里，到处都张贴着刘若英、黄磊在《似水流年》中的剧照和刘若英的这句台词。

我想，用来形容我对于乌镇的情结，也同样恰如其分。

清晨六点的乌镇，是任何人都可以观赏到的美丽。

狭长的老街上只有三两早起的人，风从河面上吹过，再掠过你的身旁，不掺杂任何喧闹。

你几乎无法想象，这是昨晚那个热闹的乌镇。

晴天，老宅门框上那些锈迹斑斑的牌匾，在阳光的照耀下闪烁出金色的光芒。

07 乌镇： 也许只能怀念 147

据说，雨天时，你可以看清楚每一块青石板泛出的不同光泽。

太阳刚刚露面，乌镇的茶客们就穿戴整齐出门去喝早茶了。他们或踱着步子，哼着小调，先到附近的小店吃碗羊肉面或者咸菜肉丝面，然后就去相熟的茶馆里饮茶。通常都是三两个人一桌，谈天说地，或者边喝着茶边做点小买卖，几把青菜几颗玉米，都是刚从菜地里摘下来的，而且还带着露水。

也有如我一般的，只是来听听他们聊的天南海北的故事，独自靠着窗看风景。

这茶壶里，盛的是百姓熨帖舒坦的生活方式，如古老化石般千百年来恒定不变，也如古镇任多少喧闹也无法打破她兀自的宁静。

我承认，我是一个好吃的人。美食，对我来说是从来不得不吃与不得不写的事情。

吃过梅菜扣肉、红烧大羊肉以及清蒸白水鱼，享受过味觉的盛宴之后，不能错过的还有如油炸臭豆腐以及青梅，这些随时可以享受的美味小点，来填补一个人穿行在乌镇古街上的空荡。金黄色的豆腐块与辣酱的鲜红，光从颜色搭配上就让人生出无尽的食欲；而青梅则酸酸甜甜脆脆，诱惑难挡。

我想，多年以后，乌镇的美食也依然是记忆鲜活的。

用完美食，在听水问茶里找一个靠窗的位置坐下，琴声若有若无，这大概就是古人所谓的大音希声，大象无形吧。

悠扬寂寥的古琴声，就像这隐藏在山水间的桃源小镇一般，相互映衬，相得益彰。

听古琴，赏风景，品一杯香茗，忽闻一阵吴侬软语响起，循着声音走进了大戏院的书场。

书场里，老人们叼着烟斗，捧着茶杯，正听得入迷，场间也有孩子嬉戏打闹。突然想起陶渊明笔下的"黄发垂髫，并怡然自乐"，这，难道是另外一个桃花源？

惊堂木一响，把我的思绪从五柳先生身上拉回了戏文。咿呀戏词我大多听不

懂,但是猜想那里应该唱遍了六朝韵事与沧桑历史。

听完一场,走出书场,看到一个丫丫茶馆,门口的煤炉上,水壶扑扑地响。老板在一旁看人下棋入迷了,水开了都没发现。

那样一壶在与世无争的地方烧开的水,泡出的不仅仅是茶,而且还是当地人一份惯常拥有与我们千金难求的心情。

一路上遇到各类小铺子:竹器店角落里有大堆竹蜻蜓;剃头店那破转椅看上去挺舒服,生意一般,老板就搬条板凳在外面开始晒太阳;蜜饯店名唤乌梅青,真是别致的好名字;还有卖老花镜的,卖小人书的,捏糖人的,炒花生瓜子的,炸臭豆腐的。

都是我们逝去的青春。

在《聊斋》中,乌镇的西栅是狐仙们常常出没的地方。我也在大胆地期待着狐仙出现,来段美丽的邂逅。

似水年华红酒坊

黄磊的这家"似水年华红酒坊",再次加深了《似水年华》与乌镇之间的那丝永远无法斩断的羁绊,正如奶茶是乌镇的代言人一般。

酒坊从外观上看好像一艘古旧的游船,走近后,沿河放有木质桌椅以及一个大大的水车,无聊时看水车汲水也是件十分有意思的事情。这里最适合在吃过晚饭后到来,一杯红酒,执子之手,任时间在浪漫中缓缓流淌。

迈步而入,便可以看见以蓝印花布为原型设计的装饰及大厅天棚板,充满了乌镇的风情。乌镇的蓝印花布是非常出名的当地名物,回家的时候带上一些蓝印

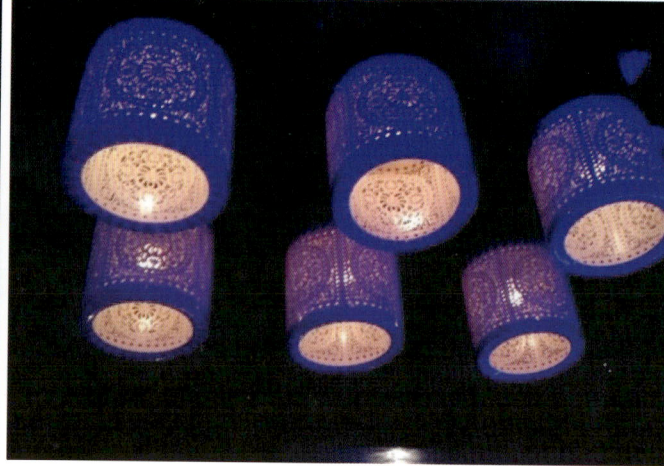

花布制品的话，相信也是相当不错的手信了。步入似水年华，里面的氛围出奇的惬意，与一般酒吧不同，少了很多嘈杂的声音，也许都是来这里追忆的人吧。

在悠悠然然的音乐里，不经意地听见有人说起黄磊与刘若英"四分之三"的故事。黄磊不承认他与刘若英之间的爱情，却也到底不忍心归之为友情。就如英与文在逢源双桥之上的无言对视，最终却换来一个令人无奈的叹息结局。

乌镇素来就有百步一桥的美誉，据说有超过120座各式小桥密布于乌镇、古镇之间。其中最著名的，就是这逢源双桥。传说踏入逢源双桥，必定要遵守男左女右的传统习俗，如是以来在今后的人生旅途中，便可以左右逢源、一路顺风。故事与现实，果然是有一些区别的呢。我若有所思，真正的幸福还是要靠自己去争取的。

找个靠河的位置，要了一瓶红酒，配上似水年华帅哥甜点师的拿手美味甜点cheesecake，继续我的品味。

酒吧里的装潢跟影片给人的感觉一样，淡淡的旧旧的，同时也让人心蒙上一层淡淡的旧旧的哀愁。

我端着杯酒，坐在河畔小厅的甲板上，看着文与英第一次相见的书院、目光交汇一见钟情的双桥、剧终时分两人沉醉的酒馆、英最终离开的那班车……

眼前的小河中烟云水汽氤氲缭绕，仿佛，这就是一生一世。

店内的装饰至今让人回味，老木头的餐桌，烛火点点。老照片、搪瓷杯、酒坛子、煤油灯、小蒲扇等，一切总叫人回到那个隐忍而儒雅的年代。

喝了一瓶红酒，微醺之际，就像回到了片子里，而我尽情地陶醉在这样的似水年华中。

恍然间，感觉自己就是生活在这个世界里，从未与世外喧嚣有所留恋与挂碍，更加忘记了归处。

08

08 **丽江**：不制造艳遇是可耻的

不制造艳遇
是可耻的

关于丽江，
有这样的想象：
悠闲的午后，
咖啡吧前小资情调的桌椅，
一个人发呆或者看书。
或者，入夜，水曲灯红，丝竹婉转，
酒吧里暗红而暧昧的鸡尾酒。
丽江是个酒吧无数，
艳遇无数的地方。

恋在被放逐的时光里

有人说，旅行就是从自己待腻了的地方到别人待腻了的地方去。人们总觉得自己待的这个地方不能算作风景，无论哪一眼望去都是熟悉到不能再熟悉的事物。所以，想要离开，去到自己心驰神往的那块地方。

丽江总是发生着各种故事，也有各种人来来往往。来过的自然知道，有过故事的自然能会心一笑。

古城的石板路上，拉着箱子走，是件很艰难的事情，轱辘在石板上蹦荡，白天的喧嚣荡然无存。古城的房子，该是见过多少繁华与凄凉。如今人来人往，它依然在那里。

来到住处，屋顶上的瓦猫。

这是北京来的夫妻，他们想在自己最美好的年华里，过上最宁静的日子，所以带上无所顾忌的清闲和那种怡然自得的心态搬到这里，开了这家客栈。

推开窗子，美丽的风景尽收眼底，搭一张躺椅，到了下午阳光暖了就斜靠着打个盹。香草清新，屋子里很安静。幸福就在身边流转……丽江，花草树木绮丽，蓝天白云高远。琴棋书画诗酒茶，以沧桑为饮，年华果腹，岁月做锦衣华服，乐而歌，伤而舞，抬头观天，俯首喝酒。借用《客至》里面的一句话："花径不曾缘客扫，蓬门今始为君开。"

很多人都知道丽江有一个大研古城，一个束河古镇和一个玉龙雪山。

背上包和单反，走出客栈，融入古城曲折的幽巷中。

清晨的古城，地面上潮潮的，想来夜里应该下过一场雨。

夜的气息似乎还未褪尽。商铺的门紧紧闭着，厚重的门板带着铅华洗净的朴素，却在流逝的岁月里远去，将并不陈旧的故事深深地关在里面。这样日复一日，迎来送往，承载过多少人的目光，穿过多少人的心事。

08 丽江： 不制造艳遇是可耻的

清晨的大研古镇显得如此安静，这才是古镇原来的样子吧？安静、清幽、不受尘世打扰。

这样的古镇才是真正吸引人的地方。

走在古城安静的街上，穿行在古城间的水流中，让人真正知道了什么是小桥流水人家，它让每一个到过丽江的人，体会了水为什么是生命之源。

直到走过好几条街，古城才慢慢地苏醒了。

街上渐渐热闹了起来，随处可见吃饭、休息的小栈，里面有免费 wifi。

一家小栈木质栅栏外，挂着一个红漆牌子：发呆免费。

找个地方坐下吧，哪怕就在这里上上网、听听歌，悠闲地晒着太阳，也是好的。买几样小吃，选一处桌子坐下，便开始了安逸、慵懒的发呆生活。

偶尔，看身边的人，猜他们的身份，从哪儿来，有着怎样的故事。他们在品味丽江的风景，同时也成了我眼中的风景。

就像卞之琳那首《断章》里吟的"你站在桥上看风景，看风景的人在桥上看你。明月装饰了你的窗子，你温暖了别人的梦"。

我一直在想，丽江为什么会成为人们心中的一个梦？难道它真有一个强烈的磁场，把所有人内心柔软，渴望温暖的心思牵引在一起？

我的心，也已迷了路。

古城夜，夜丽江

来丽江一定要醉一次，大红灯笼高高挂。各色的灯，各色的人，还有各色的酒。

来丽江的人没有故事那就白来了。因为在丽江，所有人都对单身者特别好，不管是男的、女的，只要是单身的就是好的。

　　一方面是因为有机会，这单身的家伙谁的都不是，就是大家的。另一方面就是拖家带口确实就玩得没单身时那么嗨了。但是一旦周围的人看到两个人在一起是定数了，很幸福。那就会送去祝福了。

　　在河边找一家有歌手的酒吧，喝杯小酒，安安静静地坐一晚。灯红酒绿，酝酿爱情，抑或点燃欲望……

　　38号是丽江非常有味道的一家酒吧，也是最早在丽江开的酒吧，老板阿泰非常好玩，唱歌画画，开酒吧开客栈。他在丽江遇见现在的老婆蛛蛛，生有一女儿，过得很幸福。还有一个歌手，叫阿明，只唱自己原创的歌，写歌很多，我每次去，都会听到他写的新歌，是有质量有效率的一个歌手，很出名的一首叫《青春万岁》，一首百听不厌，一听就落泪的歌。

当晚就艳遇，然后都喝大了，他和那女孩去了女孩的客栈，第二天一起去游玩了一天，之后就结束了。

这样的故事在丽江每天都有。

丽江的一切都太美了，像夕阳一样，刚刚发生，马上就结束。

记得有人问，为什么丽江容易发生艳遇？

有一种回答，说是因为在高原，人们大脑供血供氧不足，所以容易智商下降，智商下降了，那对异性的要求就降低了，最原始的欲望呼之而出，所以容易去爱，容易被爱。

旅途中人那么多，只是因为在人群中多看你一眼，只一眼，就知道是他。相视一笑，或许是白天结伴游荡，晚上一同喝酒，然后各自回客栈，各自做一个温暖的梦……

习惯了城市生活的人们，丽江就是种温柔的毒药。一个人太孤独，需要别人的故事来装点自己的人生。而在丽江的故事太多太多，但是每个留在丽江的人的故事却都是独一无二的。这也是丽江的魅力所在。

来过，就不想离开。

如果，只是遇见。千万不要轻易爱上一个生活在丽江的男人，那会让你心碎。不要爱上一个在丽江的流浪歌手，他是你梦中的情人，唱着打动你内心的歌，也一样会是很多人梦中、枕边的情人。

不要爱上丽江的女子，会停留在丽江的女子，几乎心都已经为了某个人所停留。

故事要怎么发生，就让它怎么发生，故事结束了，就不要再眷念。就当是一场美梦。一场终究会醒来的梦。

束河古镇里的柔软时光

《北京爱情故事》中疯子追寻沈冰来到这里，现实中，陈思成和佟丽娅已经结婚了。也许，这里的成全，注定了最美好的时光。

束河古镇。古老的房屋，幽深的小巷，古道马背上的驼铃声，还有背着柴火的纳西妇女以及无所事事在客栈发呆的外乡人，都是一道美景。

从南面进入古镇，候鸟客栈那装饰得十分漂亮的门楣让我不由好奇地向里张望，院子里静悄悄没有人，穿过院子，走上楼梯，是一个大大的露天平台，坐在铺着条子布的咖啡桌旁，可以一览古镇全貌：大石桥下缓缓流淌的青龙河，层层铺展的黑瓦土墙，间隔着杨树的黄，柳树的绿。

古镇的小巷子里有不少出售手工艺品的小店，如坤派艺屋、兄弟艺术空间、聚艺苑画廊、布农铃、东巴作坊等都是别具风味的民族手工艺品小店。这里的工艺品大多为手工的，价格也相对贵一些，比如一个简单的工艺包，开价20元，一般可以砍到12元左右。你不仅可以在这里选购合意的商品，甚至有时还可以看到工艺品的整个制作过程。

喜欢收藏壁画的朋友，建议您购买当地的纳西壁画，非常值得珍藏，价格在15～30元不等，也可以按游客要求当场用纳西族象形文字绘制而成，搁置在桌面做摆设，效果真的不错。

　　九鼎龙潭和疏河龙潭源源不断的泉水让两条穿镇而过的河渠清澈无比，在太阳照耀下，看得见水草在几米深的河底浮动，光线穿透水面，引起波光荡漾，鱼儿在水中穿来穿去，没有人去打扰它们。村民们依然在河里洗菜淘米，清晨，则来这里汲取每天喝的水。

　　沿街很多房子已经改成酒吧和客栈，不过因为游客不多，还是懒洋洋静悄悄的样子。古镇的居民并没有打乱自己的生活节奏，河边的三眼井边纳西妇女聚在一起洗衣服，小巷里背着柴火的老人，看到我拿着相机横冲直撞，侧身让在一旁，微笑着让我先走。一种久违的感动在心头升起。

　　走过石拱青龙桥，就看到龙门客栈那破破烂烂的旗幡迎风招摇，让人想起武侠电影里那些离奇的江湖故事。

　　虽然没见什么相貌奇特的人物，不过那古老的晒谷场上矗立着的数十根晒粮食的木柱，很旧的两层楼房和院子里停着的那辆打扮得很酷的越野车还是很刺激的，也许真有大侠隐身里面吧。

　　沿着青龙桥往西走，是一条铺得相当好的五花石板路，据说这是束河镇一帮长年奔波于茶马古道上的藏客在20世纪30年代捐资铺砌的。九鼎河边，百年老宅张锅头旧居现在是一个客栈，院子里闲坐着几个游客，围着一壶玉龙雪山产的白茶消磨时光。锅头就是马帮店的老板，古镇上有规模的老宅不少是马锅头们的旧宅。

08 丽江： 不制造艳遇是可耻的

　　束河是丽江坝子中保存最完好的古驿站。从九鼎龙潭一直往西蜿蜒进入玉龙山，渡金沙江，翻越雪山，100多天才能到达西藏，行程近6000里。想象当年在这条道上走过多少浪迹高山深峡的藏客，看看路边的上马石，租一匹马在马帮曾经走过的古道上慢慢逛一圈。秋日的太阳即将落下，最后一抹余晖洒在草场上那像图腾一样的晒粮柱上，给人一种苍凉的神秘感。难怪有人说：束河古镇就像一个庞大的布景，只为了成全一个传说而存在。

　　离开束河，返回丽江古城的住处时，我买了三样东西：一个纯手工制作的牦牛皮包袋、几个雪花银手镯、一米阳光里的铃铛以及有纳西文祝词的牛骨挂件。

　　背着沉甸甸的成果，心里有一种满足感。

　　束河有"皮革之乡"之称，相传束河从事皮革业的祖先是明代南京应天府的著名皮匠，因在明初某年元宵节上制作了一个巨大的靴形灯笼而被人诬告是影射明太祖皇后的大脚被充军云南，其中一支流落到束河，仍操旧业，擅长制作适合滇藏高原的藏靴、皮口袋等；而与这里的皮革同样出名的，是雪花银。

　　束河相比于大研，幽静太多。没有那么多人，也没有那么多商铺。来束河一定要到滇西北大地看看束河的大石桥，这是一个超适合晒太阳的地方。有首歌，就叫《束河的阳光》。束河的阳光帮我的心找回了柔软，旅行至少还是需要那份柔软的心意存在的……

玉龙雪山，雪与天齐

玉龙雪山自古就是一座壮美的风景雪山，拜山朝圣者不绝于途。玉龙雪山以险、奇、美、秀著称，气势磅礴，造型玲珑秀丽。随着节令和气候变化，有时云蒸霞蔚，玉龙时隐时现，有时碧空万里无云，群峰晶莹耀眼。终年积雪的玉龙雪山由北向南排列成13个高峰，在蔚蓝的天幕衬托下，宛如一条玉龙在凌空飞舞。纳西人说"玉龙雪山顶是神灵居住的地方"，于是去丽江，玉龙雪山便成了不容错过的地方，不是为了登顶，而是为了感受。

而今，玉龙雪山的雪线越来越高，雪越来越少，修了大索道之后，雪山更像石头山了。

多年前见过雪山的人，今天再见雪山，一定让你很是心痛吧。

丽江的美，现在虽然被繁华遮蔽了，但是如果你能静下来，仍然可以看到。

在我的印象里，都是些山山水水。

而丽江的水是清澈的、欢笑的、富有生气的。它来自不远处的玉龙雪山，还带有雪山上冰雪的晶莹，所以是清澈的；它刚告别孤洁的雪山，来到人间第一站，所以是欢笑的；它又富有生命：几乎所有的导游都告知游客，跟随水流进古城，沿着水流方向出古城，所以丽江的水一直陪伴着远方的游客。

古城的水，有一个美好的名字，"玉泉水"，是雪山远嫁古城的女儿。是玉河水，赐予了古城柔情，水灵。我静静地站在水车旁，任玉泉水百转千回，进而流向深巷，伴随着游人来来去去。水车是古城跳动的心脏吗？均匀如一地轮转。水车是古城的日历，不分昼夜地抚摸着玉泉水。然而，在古城，所有的想象都是幸福，同时又是多余。因为，古城，仅仅是来自你的想象。四月的丽江，寒意已远去，喜爱阳光的游人们，三五个聚一起，在阳光的沐浴下，语气平和地谈着什么。阳光，在丽江的古城里，变得不寻常，而更多的是如此平易近人。

有水便不能无桥。而丽江的桥尽管没响亮的名称,但凡有河、有溪处就有桥,不管是石板的还是木板的,在丽江把桥的功能发挥得淋漓尽致!

至今怀念待在丽江的每一天。可以抛弃一切烦恼,每天睡到自然醒,然后每天只用考虑怎么晒太阳更舒服。或者是沿着古城小巷一遍一遍地走,也或者待在某个角落点杯可可,看着人来人往。这里时光柔软,雪山神圣,有足够的阳光和笑容。有一种幸福,心也很安静。

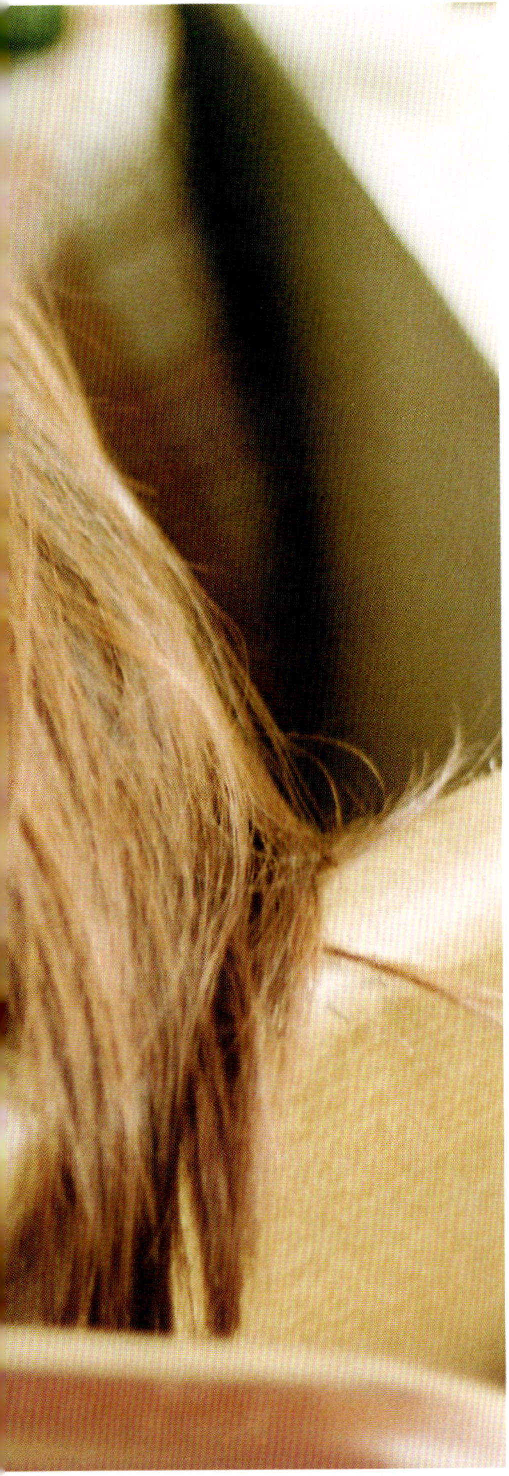

阳朔
西街

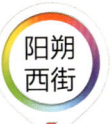

不可解的毒药

阳朔是座平静安逸的城，
却有条繁华小资的街——西街。
没到西街，
已经中了西街的毒，
满脑子西街洋鼻子帅哥和春波荡漾的遇龙河水。
暗念着一场和西街的美丽邂逅，
想得有些中毒。
就这样，
迫不及待地朝阳朔奔去。

一座安逸的城和一条繁华的街

中了西街的毒，只因为，这是一个有故事的地方。

"陶潜彭泽五株柳，潘岳河阳一县花。两处怎如阳朔好，碧莲峰里住人家。"

一千多年前，唐朝诗人如是表达他对"碧莲峰"的喜爱。彼时，阳朔属于偏远的岭南地方。据说，连南飞的雁飞至岭南都要北返的，可见岭南地处偏远。而作为岭南一部分的阳朔，定然是好的，否则，也得不到诗人如此青睐。

西街只是阳朔县城内一条长不过几百米的古老街道，早几年的名头远不及北京的长安街、上海的南京路。它就那样一直默默地，像一条旧了的缎带，铺在阳朔城里，在将近一千四百年的历史里，成为再普通不过的路。

有时候，我在想，一条街的命运，有时候也竟如一个人，要经受痛苦、忍受无奈与寂寞，也许，你会想，大概就应该这样平凡一生了吧。却不想有一天，一个偶然的事件，命运就此改写。

这条西街，自它诞生起一千多年来，原住民们的"可为生意可为耕"让它保持着"半是乡村半是店"的风貌，而且有几家小店经营与支撑着一条街上居民的日用品及其他商品需求。

所以，西街人也呈现了双重的面孔：半是城里人，半是乡里人。

20世纪70年代，是阳朔，更是阳朔西街的命运的分水岭：阳朔正式对外开放，西方游人的脚步，第一次踏上了这个位于中国西南版图上最美的地方：甲天下的桂林山水后，来到阳朔，才发现奇山秀水之中，隐藏着一条精致而迷人的小街。

于是，这条还保持着原汁原味的古朴老街出现在了西方的旅游指南上。

想来，工作之余想找一个地方放空、发呆甚至放纵的感觉，可能，东西方人之间的思想大抵是相通的吧。20世纪80年代，陆陆续续赶来的西方人，终于在这里找到了一个全新的休憩港湾。从此，"西街"的繁华景象便一发不可收拾，而且很多洋人也纷纷来到这里旅游，甚至在这里恋爱、结婚、定居。更不可思议的是每年来这里居住或闲游的外国人，已经相当于当地常住人口的三倍了。

阳朔西街毋庸置疑地成为中国960万平方公里的土地上，所有大大小小的街道中，外国人最密集的一条街。因而，这条街也以本土之地充满着异域风情而出名。

西街也成为全中国最大的"外语角"，这里的涉外婚姻比例之高为全中国之最。为此，旅游界专家、学者称之为"中国旅游业中的阳朔现象"，中国的"地球村"。

在中国，应该再没有哪个地方的中西方文化，如此水乳交融般和谐地存在着了。

西街上的饭店、餐馆、网吧、酒吧等，几乎全部都是中西合璧的，在阳朔西街的每一个角落，会经常看到三五成群不同肤色的旅游者临街围坐在一起喝啤酒、品咖啡、嬉戏聊天，还有那不受当地计划生育限制的中国母亲和西欧国家的父亲，领着混血儿在街上玩耍。

几乎所有的招牌都是中英文对照，从老板到服务员到街边的小摊大妈都能说一口流利的英语。

这里已经没有地域的差异了，闲散、悠闲的生活，让很多到这里旅游的游客久久不想离去。

于所有的外来人而言，游览阳朔西街完全成了一种生活体验——在浓浓的乡村氛围中，流淌着的却是纯正的小资情调；在随处可见的朴素民风里，包容着的，却是令人惊讶的国际元素。

糍粑与米粉、正宗的意大利咖啡、西餐、茶馆、古老的中国画、最前卫的休闲风尚、国语、英文、法语、意大利语乃至西班牙语……

种种看似不可能的元素，糅合在这条岭南小街里，催生出一个外人看不透的、走近了便不想离开的氛围。

西街的人们——不管是外国人或者本地人，应当说是一群不折不扣的"生活者"；这里的一切都为任何路过的人构筑了最休闲的氛围。

因此，来到西街，只要带上在百忙中想读而没有时间细读的书、想听而又没有环境听的CD（不带也无所谓，反正西街上绝对有您喜爱的东西）、想穿而没有恰当场合穿的衣服、想爱而没有机会爱的情绪，邀上最亲近的朋友，关掉手机与电脑，要一杯咖啡或茗茶，便能在美景与音乐中，给自己一段无与伦比的美丽并惬意的时光。

阳朔西街。

一条街，一条不长的街，一条风情万种的街，更重要的，她是我必须抵达的地方。

散落在阳光里的西街

如果用一个词来形容北京的早晨，我会用"忙碌"。六七点人们已为一天的工作开始奔波，走到街上已经人潮涌动、车子飞奔。悠闲地坐下来吃几个包子或者喝一杯咖啡简直就是奢侈，你总会有一种时间的紧迫感，看到路上拥堵的车辆更会感到头痛，在地铁上被挤来挤去更是要命。

而阳朔的清晨则显得格外宁静，在阳朔会让你忘却时间，因为，在那里你看不到人们忙碌的身影，人人生活得都很悠闲。来到这里一下子感觉放松了许多。

第一回逛西街，由头逛到尾，走在铺着青石板的街道上，看着街道两旁两层高的砖木结构的楼阁，不知怎么的，虽然很热闹，却仍然觉得它充满了青春文艺范儿。

不同的人们，怀揣着不同的心情，聚集在这个传说有艳遇的地方，做着各自的梦，与身边熟悉的朋友，与身边陌生的朋友，一起跳舞，一起歌唱，追赶着懒散的时光。

以前，我绝对无法想象这样的景象：一个小县城里，有一条小街道，空间局促，却有五湖四海慕名而来的游客，一茬又一茬，不亦乐乎。

放眼望去，除了人，便是两旁的各种店铺，与其说这里卖的是衬衣、帽子、衣服、特产，不如说卖的是一份闲散的心情。

而那些在网上被炒翻了天的各式饭店、咖啡屋和酒吧，与其说供人们得到身体的休息与放松，不如说是心灵的休憩所。

西街最多的要数酒吧了，而酒吧只有在晚上去才能体会得到其中氛围。

09 阳朔西街：不可解的毒药

所以，白日里，我大多在逛各种商品小店。饿了去吃饭，累了拣家咖啡馆或选一家茶馆。

街边到处都是卖银饰的小商贩，各种各样的小玩意儿很是吸引人。本以为这里的东西会很宰人，但去了才发现价格并不像我想的那样昂贵，反而觉得比北京的价格还要合理很多。

当然，在这里，没有两下子砍价功夫，还是不行的。

所以，人们对于阳朔西街那些琳琅满目的小物件儿的看法也是不那么一样：买到了物美价廉的，则说这里的小店太吸引人；而如果买到了不经砍价的物品，则会说这里"被严重的商业化"。

所以，如果你是个砍价高手，老板就会用最低的价格把东西卖给你。

因为西街是地球村，所以漫步其中，若你有心，这里就是一个天然的外语教练中心。

如果你足够开朗大方、不怕和陌生人说话，便大可在任何一家餐饮就餐时，或在酒吧喝酒时，再或者点上一杯咖啡消磨西街的下午时光时，就可以去和邻座的外国人聊上几句。

只需会说："hi"或者"hello"，便能与他们聊上，而不会像其他地方得到一个白眼或者爱理不理。

西街的老外很多，他们大多喜欢泡吧，他们会在酒吧暗淡的灯光下几个人聚在一起开心畅谈或和酒吧主人聊聊旅途心得，在这里和老外交流是学习英语的最直接方式。无论你来自哪里，在西街，你会感觉到家的温暖。

在这里，不分国界，大家都是一家人。

不长的一条街，如果走马灯地逛，一小时用不上便逛完了；而作为一个细节控，我觉得，我会在这一家家各个不同的店里流连个三天三夜。

是啊，那么多店，格局、装修、出卖的东西都有所不同。

逛到累了，我便随便踱进了阳朔西街三十二号：地球村咖啡馆。随便点上一杯香草拿铁，选个临窗的位置坐下，再打开相机一张张地欣赏照片。

嗯，这张构景不好，左重右轻了；啊，这张好好看，拿回去能参加单位的摄影大赛了，一准能拿奖；哇，这张里面居然无意中拍到了一只慵懒的猫咪……

再或者，细细品着苦而甘的咖啡，听着店里如水流淌的轻音乐，望着熙攘的路人，想到我居然真的就在阳朔西街的某家咖啡馆里，喝着咖啡，享受着世间最浮华表象下的静谧与美好。

就这样，热的咖啡凉了，时光变慢了，也就不想离开了。

我想，来这里的人们，大抵都会如我一般，对这里有丝丝缕缕的留恋。

这里，也许是你的初恋；这里，也许是恋人浪漫的小窝；这里，也许会使多年不见的好友找到相见如故的感觉；这里，也许会是失恋者忘却烦恼的港湾；这里，更会是在水泥森林的城市里步履匆匆的人们，百般想投奔却由于种种原因无法抵达的地方。

而明园咖啡店是不能不去的,这里据说是阳朔最好的咖啡店,许多游客将它当作必到的一站。就像在北京的猫眼一样,不大的小门脸里,点上一杯饮料或一个比萨,然后便静静地翻看店里常客写的各种字。

而明园咖啡店更夸张,店里供客人抒发心情的笔记,已经写到一百多本,如果多年后看到自己在某年某月的留言,会不会也有些感慨。虽然时间在变,可我们从未曾停止,去寻找一个关于幸福的答案。

点了一杯咖啡,便静静地翻看客人们的留言。

有情侣写的,我似乎能从那并不好看的笔迹里看到发自内心的浓浓的爱;有苦涩的暗恋者独自来到这里排遣忧伤写下的,心里便有点隐隐的忧伤;还有好朋

友一起写下的，并且相约以后一定要一起再来……

于是，我提笔，写下了一串字：西街，如果有一日我够从容你还温婉，我便再来找你，跟你一起细数流年。

这就是西街，一个让你忘却烦恼，收获快乐的地方。和北京的南锣鼓巷多少有一些似曾相识。但在这里，看诗情画意的阳朔，东边的漓江，南边的碧莲峰，走过横贯东西的西街，徘徊万年的山和百年的街，你会有一种不一样的感觉。西街每天都会迎接来自五湖四海的朋友，他们在这个地球村里不期而遇。

当然，在西街美食诱惑是无法抵挡的。

桂林米粉是最实惠的早餐，米粉加上卤肉浇头也不过两三元钱，可丰盛程度却堪比自助餐。酸豆角萝卜、干酱黄瓜再加各色调料任君选用，还有紫菜汤随时让你添。

午饭吃什么，是到需预订的"原始人烤鸡"，还是去名字很无厘头的"没有饭店"？是再尝一遍分量极其豪迈的啤酒鱼呢，还是十分滋补的莲子桂花羹呢，再或者是阳朔凉粉？

总之，样样对我胃口。

我也本着不错过一样美食的态度，当夜色将降未降的时候，蹿回西街，挨个尝遍。

夕阳西下，西街迎来最热闹的夜晚，路上挤满了各色摊贩，找个糖水铺，喝杯绿豆沙再来碗清补凉，清甜滋润。"莫老馄饨"可遇不可求，龙须面细如春雨，馄饨皮薄到透明，外形华丽味道鲜美，远胜知名饭店。西街的夜市，居然是这样"卧虎藏龙"的所在。

今夜，热闹是西街的

想起朱自清的《荷塘月色》，他写到独自在夜晚散步，听到树上蝉鸣时，他说："热闹是它们的，我什么也没有。"我从此喜欢这句话，喜欢这句话的超然、闲散和寂静。

它让我这么多年来，身处热闹之中，却依然能取得内心的平静，然后抽身而退。就像对西街夜的迷恋。

第一回逛西街，由头到尾，我觉得它是一条青春文艺范儿十足的地方。不同的人们，怀揣着不同的心情，聚集在这个传说有艳遇的地方，做着各自的梦，与身边的熟悉朋友，与身边陌生的朋友，与星星，与月亮，一起跳舞，一起歌唱，追赶着未知的下半夜，还有明天。

今晚，我一个人来到了西街，为买醉，为艳遇，为暧昧，为逛街。在来来往往、熙熙攘攘的人群中，并未让独行穿过西街的人觉得孤独、寂寞、拥挤，我认真地看着每一家店铺的外面，注视着西街的样子。无疑，夜幕下的西街，是阳朔的最亮点。

沿着青石板路走在大街上，两边无数的咖啡馆和小酒吧在暧昧的夜色中散发出诱人的风姿，暗淡的五光十色中，伴随着爵士乐的旋律和三三两两的酒客，喧闹却和谐的气氛与繁星点点的夜色融为一体，显得更加和谐。

异域风情，真是得来全不费工夫啊！

在这里，随意走进了一间酒吧，或在街沿上摆着的两条长凳和一张长桌子，随意坐下，没人招呼你，你有一种回家的感觉。

走进门去，两边的墙上是一个攀岩场地，地下铺着厚厚的海绵。原来这个酒吧是一个攀岩爱好者的集聚地。

　　酒吧的主人爱好攀岩。好多游客结伴在那里攀岩，玩得很开心。而我，因为是一个人，反而在这种可以放开来玩乐的时候，拘谨了。

　　我心里生出一丝感伤，并没有在这家店多停留，而是又回到了街上。

　　夜色中，街沿上，可以不说话，静静地喝酒，也可以随意地和其他酒客聊天，以酒会友，也可以以攀岩为题，赌酒作乐。

　　难怪每个地方的酒吧街都会被人们说成是充满艳遇的地方。

　　西街就是一条中国与外国、旧代与现代、民族与国际相交汇的中轴线，正是因为这么多各异的元素在这里碰撞并且交融，使西街弥散着一种奇异的魅力。建筑是旧式的，在旧式建筑外面却挂着西洋味的酒吧招牌，霓虹灯在夜晚一起闪亮，霓虹灯下行走着红蓝绿女，摩肩接踵，熙熙攘攘。坐在酒吧中的多是洋人，或者打扮入时，举止大胆的年轻中国人，大抵是一些80、90后。

　　夜晚的西街繁华并迷乱着，使洋人忘记这是在中国，仿佛置身一个他们自己的故乡，这里的一切都是那么西洋——柴火烤的比萨、怀旧的英文经典歌或者火爆摇滚乐、德国啤酒、水牌上用粉笔写出的菜谱全都是英文的。他们坐在酒吧中肆无忌惮地谈笑风生，在街边开怀畅饮，随后歪歪斜斜地走在西街。他们就是风景，西街的风景，充满了奇幻的色彩和异国风情。更多的游客，只是在西街路过，睁着好奇的双眼，看一看洋人街的洋人。看到了阳朔西街，夜西街，开尽繁华，开尽喧闹。人群接踵而来，不为什么，只为看风景，以及成为风景的一部分。

西街只属于夜晚，在夜晚盛开，如同昙花的情结，迷醉在夜晚，在变幻的霓虹灯下，在喧闹的街头，盛开，在午夜，而在黎明到来之前，定会凋零。

不知道为什么，我一直不太排斥灯红酒绿的场景，甚至会走进去点一杯鸡尾酒，或者干脆要一瓶啤酒喝起来，却从来不喝醉，只到微醺。

酒，就像感情吧，掌握度，实在是太重要。

走进菲林、男孩女孩、V8、爵色、地球村、顶尚、壁虎等酒吧，最终在喜鹊稍做休息，听两个美女唱了几首歌，喝了两瓶酒，然后，又出来街上，再转到骑士酒吧停留了下来，一进酒吧，那震颤的音响效果有种把衣服给蓬松起来的感觉，看美女帅哥唱歌、喝酒、跳舞，女孩子穿着花裙子，穿着拖鞋，穿着牛仔短裤，穿着白色休闲衬衣，一个比一个跳得卖力、投入、使劲。在舞台上、舞池里，尽情地扭腰、甩头、晃手，没完没了地摇摆着自己的身体；舞池外围，有三五成群围着拼酒，大声地叫喊。

由此可见，西街，在大概的意义上描述，就是一条酒吧街吧，每当夜晚来临的时候，无数个酒杯里的泡沫，随屁股扭动速度而沸腾，膨胀，升温……醉人的酒吧，醉人的西街。

当然，也有单身的男孩或女孩坐在某个角落，独自拿着一瓶酒在喝，那直勾勾的眼神像是等待艳遇的到来。

当自己置身于西街时，会不自然地想起艳遇的传说。

十二点，告别了酒吧，在回旅店的路上，醉意蒙眬，路过一间咖啡馆时，看见两位老外一言不发地坐在门边上喝酒，还唱着大概是外国民谣一类的歌，甚是好听。我的脚步放慢，慢到有足够的时间听他们唱。直到那歌声细成一条丝线，再断裂。

时间太瘦，指缝太宽，不经意回头时，才发现在我写这篇游记时，我的阳朔行已经遥远到快要记不清细节了。

不过这样也好，离得太近，感情太过浓烈，那时候写出的文字，恐怕失之矫情。

唯有这时，将忘未忘，写下的字，记录下的记忆，才是最近人心的。

最近流行这么一句话——"要么读书，要么旅行，身体和灵魂总有一样在路上"。我很庆幸自己，不论如何都要让自己的身体走在旅行的路上，逃避现实也好，寻找旧梦也好，总之，旅行中匆匆邂逅的美，总是让人沉醉其中，后来又留恋不已。

因此，我的心情一直在阳朔的山水之间徘徊、留恋，就像那温暖的阳朔西街。

寻找心里的乐园

一直以来，我都是把最喜欢的东西，最珍贵的部分，放在最后。

此次的阳朔行，也是一样。

千里迢迢，本是奔着西街而来，也住在西街附近，却只花了一个白天去逛西街，其他的白天，我都背着相机往外面跑了。

抵达阳朔时，已是凌晨一点。

我独自一人站在离西街不远的叠翠路上，拎着行李，心里有隐隐的惆怅。给之前订好的老班长旅舍打电话过去，告诉前台女孩我所在的位置，以及标志性建筑后，她叮嘱我，站在那里不要动。

没多久，一个扎着马尾的小女孩匆匆地跑了来，气喘吁吁地对我说："抱歉，让您久等了。"

我反倒有些不好意思，其实自己就在旅馆附近兜转，再找找也是能找到的。

她接过我的行李，我说自己来，她执意要帮我拉箱子，于是也就由她了。

到达住的地方，放下行李，已是凌晨两点。

09 阳朔西街：不可解的毒药

办理完入住手续，走出旅舍，来到叠翠路上的姐妹啤酒鱼大排档，一个人，略显孤独，疲惫的双腿并不影响我的味蕾，点了当地的啤酒鱼（鲤鱼），四十块一份。

传说中的阳朔啤酒鱼最大特色源于做鱼时的两大绝招：一要在阳朔，用漓江水煮；二要选用新鲜的漓江活鱼，一般用鲤鱼、毛骨鱼、剑骨鱼、竹鱼、桂鱼等，这几种鱼肉质鲜嫩、味醇甜，经啤酒焖煮，色、香、味全，那可不是一般鱼能媲美的。

啤酒鱼属于民间大众菜，吃的是一个氛围，所以，吃啤酒鱼，一定要去各处的大排档。当然，在宾馆、酒店吃也是可以的，可能口味并没什么不一样，但气氛还是有差别的。有人曾经试图把啤酒鱼烹调技术发扬光大，推出外地，但人们品尝之后，感觉无论如何做都比不上在阳朔吃的味道。大概就是"橘生淮南则为橘，生于淮北则为枳"的道理了。

吃啤酒鱼，自然不能没有啤酒。

一个人，在一个陌生的地方，凌晨三点，喝着啤酒，吃一份啤酒鱼，很奇特的经历。

吃好喝好，我就回酒店补觉去了。

我住的这家旅舍，不但有男女混住的宿舍、单人间等，楼顶还有帐篷宿舍可以住，且就在西街旁一条巷子里，闹中取静。

之所以选择这样的宿舍，是因为看安妮宝贝的《莲花》时，文章开头有一处描写，同屋的陌生男子起身……

因为住处紧邻西街，加上西街是需要晚上去各种店里逛逛才能体味其中真意的，所以，除了抵达后的第一个白天而外，其他的白日里，我都往其他的景区跑。只有晚上回来，再踱到西街，吃饭、泡吧。

漓江是必去的。

漓江发源于广西兴安县，流经阳朔，在梧州汇入江，全长437公里。沿河两岸山美、水美，像一条美丽的青绸带，蜿蜒曲折，哺育着桂林一方水土。

常听说"桂林山水甲天下，阳朔山水甲桂林"，想必，漓江也拥有不少的功劳。

桂林以"山青、水秀、洞奇、石美"享誉，而这里拥有丰富的喀斯特地貌，更是成就了这里无与伦比的自然美景，尤以漓江两岸从桂林至阳朔 83 公里迷人的喀斯特地貌更是这个地区的典型代表，漓江兼有山青、水秀、洞奇、石美四绝，还有洲绿、滩险、潭深、瀑飞之胜。江中多洲，岸边多滩，乱石遏流，浪回波伏，尽入眼帘。烟雨之日，岚雾缭绕，烟雨缭绕……

泛舟漓江时，听摇船的师傅说，因为天气的不同，漓江也会呈现出不同的景色。如果赶上阴雨天，漓江两岸漫山云雾，朦朦胧胧，若隐若现，仿佛置身于童话世界，因此人称"百里漓江，百里画廊"。

而我去的时候，是晴天，欣赏到的全然是另外一幅美景：两岸群峰美丽的倒影。"分明看见青山顶，船在青山顶上行"，说得真是一点不差。

漓江本身就是一幅山水画，青山是它的骨架，秀水是它的血液。

漓江而外，我还去了有小漓江之称的遇龙河。遇龙河的风光，无法让人忘记。在遇龙河载我漂流的当地筏工告诉我，游过遇龙河就不想游漓江了。我想这番有偏颇的言论中自然是有它的道理的。

遇水则有桥，这句话在我日后去过的许多地方都得到了印证，而彼时，我特别留意地记住了遇龙河上顺筏漂流时遇到的三座桥：富里桥、金龙桥以及遇龙桥。

遇龙河上遇龙桥，在行船中悠然、绝妙。泛舟河中、随波逐流的心境，大抵就是这样吧。

遇龙河两岸，伴随着数不清的形态各异的山峰，大自然的鬼斧神工让人叹服，每一道河湾都被夏风浸染，绿竹掩映，水草摇风。只可惜，由于我游走时雾重，没有见识到蓝天白云，青山绿水。但遇龙河周边的风光依然令我如痴如醉，我躺在河中慢慢漂流着的竹筏上，在久违的悠然的自然风光中，静静地去感受旅行的快乐。

据说，在阳朔骑行是必不可少的。遇龙河之后的一天，我花二十块钱租了一辆山地跑车，骑行游览了十里画廊。

果然，不管是在省道上，还是在乡间小路上，处处可见踩着单车的游客。

踩着单车，我经过了图腾古道、蝴蝶泉、大榕树、聚龙潭，在阳朔的山水之间，道路两边是绿绿的稻田，那种感觉，很轻松很自然。骑累了，就停下来看看阳朔的山和水，田边吃草的水牛、黄牛，听听阳朔的风，轻轻地吹……

图腾古道，是十里画廊的第一个4A景区，建设在一个挨着山的地方，有一些草棚草屋，有两个展览古物的展览馆，与宁波河姆渡博物馆相差甚远。图腾古道的野人已经不野了，这群越边境迁来的一百多个野人，代表着图腾时代的文化，其实，在我看来，他们已经是一群演员了。

离开图腾古道，我没有太大的惊喜。继续骑行到蝴蝶泉。

第一次见蝴蝶泉，是N年以前朋友来阳朔旅游时拍过的一张照片。那张照片一直摆放在电脑桌上，所以，我见到蝴蝶泉的外景，并不觉得陌生。

出了蝴蝶谷，我怕自己精力跟不上，便没有进入大榕树景区，而是选择直奔聚龙潭。

聚龙潭，是个好地方，挺阴凉的。小心你的单反哦，这里的岩洞，有时候，还会下中雨般地滴水的。一开始进岩洞就要乘船进入，聚龙潭是一两百米的水路，数百米的陆路，上下台阶等，中间许多行程的钟乳岩的景观，甚是好看。地理知识，我知道得不多，反正，挺好看的，算是大开眼界了吧。

走出聚龙潭，我看见阳朔的夕阳，又圆又红，像一个美丽的乐园。

09 阳朔西街：不可解的毒药

在路上，邂逅最好的爱恋

10

一点点醉意，
一点点忧虑

不知道是不是每个去了凤凰的人，
都是带着自己的一个关于翠翠的幻想去的。
寂寥的渡口，
羞涩的女孩翠翠在痴情地等待心上人，
等待悠扬的情歌声响起，
等待过渡口时那双明亮的眼睛。

为了你，我已等候千年

深夜不睡，点一支烟，重读沈从文的《边城》。

缭绕烟雾中，我的思绪被他干净的笔调，带到了远在川湘交界处的茶峒小溪白塔旁边、一户独门独院的人家。

一老一小，是船夫和孙女翠翠。还有一条大黄狗。

故事有丝丝缕缕的忧愁，淡到就像那个西南边陲的小村庄里，无人知晓的美丽。

这本书我看过多遍，带着对翠翠的心疼，对那位拉扯着自己外孙女的船夫的敬爱，以及两个深爱着翠翠的兄弟的遗憾。

而在这么多遍的阅读里，我想当然地认为，这一定是沈从文取材于自己故乡的故事。

因为沈从文、因为这个纯美而忧伤的故事，我放下书，在搜索引擎里输入了"沈从文的故乡"，却意外地发现，故事里的茶峒，并不在沈从文的故乡。

也正是这一查，打开了我认识凤凰古城——沈从文故乡的大门。

凤凰古城始建于清朝康熙四十三年（1704年），横亘在300多年的风雨沧桑里，古貌犹存。与很多古镇一般，街道都是青石板铺就；江边木质结构的吊脚楼承载着祖祖辈辈的家，让你想着，若能拥有这样一座吊脚楼，哪怕就在这里，日出而作，日落而息，过着清贫的日子，也是好的。

而那城中的朝阳宫、古城博物馆、杨家祠堂、沈从文故居、熊希龄故居、天王庙、万寿宫、大成殿等建筑，都彰显着古城独一无二的风韵。

10 凤凰：一点点醉意，一点点忧虑

凤凰古城是以回龙阁主街为中轴，无数小巷与之连通并沟通全城。

也许，在中国古人的建筑哲学里，每一座城，不管是大城市，还是小县城，再或者小镇，都会有这样一条路。

回龙阁古街是一条纵向随势成线、横向交错铺砌的青石板路，自古以来便是热闹的集市。

凤凰古城分为新旧两个城区，老城依山傍水，清浅的沱江穿城而过，红色砂岩砌成的城墙矗立在岸边，南华山衬着古老的城楼，城楼还是清朝年间的，锈迹斑斑的铁门，还看得出当年威武的模样。北城门下宽宽的河面上横着一条窄窄的木桥，以石为礅，两人对面都要侧身而过，这里曾是当年出城的唯一通道。

而那个没见过仅仅是因为听了名字便让我生出无限向往的，便是凤凰古城的标志性建筑之一：虹桥。

虹桥原名卧虹桥，历史悠久。

凤凰古城北门城楼本名"碧辉门"，采用红砂条石筑砌，既有军事防御作用，又有城市防洪功能，是古城一道坚固的屏障。

凤凰古街两边建筑飞檐斗拱，店铺中陈设着琳琅满目的民族工艺品，浓浓的古意古韵，透出古街深厚的民族文化底蕴。

……

于是，对这座古城越是了解，越一发不可收拾地迷恋。

当然，如果说这一切的迷恋还仅仅停留在透过别人的眼来看的程度，那么，真正促使我动身去凤凰古城念头的，是凤凰县的那句宣言：为了你，我已等候千年。

抵达便已心动

动一个去的念头容易，而真正要抵达，着实不易。

先是从北京飞到张家界荷花机场，再打的往张家界市区，赶下午三点半去凤凰古城的大巴，颠簸了四五个小时，然后抵达我在当地订的客栈时，已经是暮夜交接时分了。

办好入住后的第一件事情，不是抓起相机出去拍照，而是踏踏实实地睡了一觉。

梦里，还梦到了自己刚刚完成的一项工作，老板拿着我交上去的厚厚一沓材料，说我用的时态不对（奇怪，明明不是用英文写方案与汇报，梦里怎么会出现时态），于是惊醒，发现自己出了一身冷汗。

也许，一个事事对自己要求严格的人，就应该在睡梦中被吓醒，算是对过分完美主义的惩罚。

我在工作中追求完美、高效，所以，更容易累。累了就想逃离，于是，旅行成了借口。

一看表，才晚上十一点，心想，一时半会儿是睡不着了，于是拿起电话，打给朋友。

打完电话，困意重新袭来，我又沉沉睡去。

第二天一早醒来，舒舒服服洗个澡，便往古城去了。

我承认，生性凉薄的我，心灵很少受到什么震动。

但双足踏入古城的刹那，我几乎有种手足无措、言不成句的感觉。这就是所谓的大象无形、大音希声、大美无言吗？我深恐我的举动之间屏息之际，触犯了这座古城的威仪，打破她的沉寂。

如果说我之前见了各种凤凰的介绍，看过各种回去的人写的关于她的字，而

那一刻，我才知道，我与凤凰古城，就像柳梦梅当年拾得杜丽娘写真时惊为天人，而等杜丽娘活生生地站在他面前，他才知道什么叫神仙下凡。

是的，不是亲眼所见，没有亲身体会，总是无法抓住凤凰的魂儿。

踩在一块块青石板铺就的小巷里，闭上眼，仿佛看到晨光中苗族少女挑水的寂寥背影。她们出生、出嫁，都在这古城里（她的外婆和妈妈出生和成长的地方）日复一日地老去，却永远天真。就像翠翠，那个在无尽的等待里，定然会孤独老去的女孩。可那份对于爱人的执念，却从未改变过。

而我们，却怀着梦想拼命挤进最繁华的城市里，爱情变得可有可无，脸上永远装出一副永远不会改变的笑容，像极了没有生气的塑料花……

并不是特别大的古城里，到处可见被岁月剥蚀却并无荒凉之感的砖墙，走在那古老的城墙上，抚摸着一垛垛老墙，似乎有个声音滴答滴答地渐行渐远，那不正是历史远去的脚步声吗？

古老朴实的沱江在城墙下静静地流淌着。澄碧如练的江面上，一只只竹排与篷船悠悠划动着，满载着游客的游船驶向江心，激起一阵阵浪花，洒下一串串欢笑，打破了沱江的宁静。

而喧闹只是暂时的，平静才是沱江的属性。它静静地流淌，从茹毛饮血与世隔绝的时代，流到战火连天的年月，再亲眼见证这里渐渐为外来文明开化的同时也涤荡着每一个外来人的灵魂……却始终一言不发。

如果说古代城楼与明清古院是威然伫立的庄严神像，那么，沱江更像一位须发皆白的老人，见过世事沧桑，体会世态冷暖，大抵这世上再无什么事情让他惊动。

沿着沱江步行，江上行船，路上行人。

临江一幢幢吊脚楼与江水一动一静，水绕吊脚楼，楼镇守沱江。多年来江与楼之间相互守护，不言不语，不离不弃。

小街上游人如织，却感觉不到拥挤或是喧闹。在凤凰的小街上，所有的游人不由自主地放慢了脚步，放低了音量。小街上几家大的银饰店、姜糖店生意特别火爆，或许将当地的特产带回家，是喜欢凤凰的一种最直接的表达方式吧。

沱江，悄悄地我来了

提起徐志摩的《再别康桥》，大家想到的都是那句：轻轻地我走了，正如我轻轻地来，我挥一挥衣袖，不带走一片云彩。

我却独独喜欢这句：

寻梦，撑一支长篙，向青草更青处漫溯，满载一船星辉，在星辉斑斓里放歌。

仿佛撑一支蒿，在烟雨朦胧的江面上漫溯，便没有了任何烦恼。

而坐上乌篷船，泛舟沱江时，我默默诵念着的，仍是这句。

在路上，邂逅最好的爱恋

黄昏时，我登上一艘小小乌篷船，谈不上随波逐流，却依然有放任释怀的心境。

看粼粼的水纹在面前徐徐荡开，听若有若无的歌声在远处渺渺响起，我们的心境也渐渐从喧嚣中走出来，变得像沱江一样平静安稳。沱江水静静地流淌着，很浅，很多地方半篙即能落底，但清澈透明，可以清楚地看到水底的游鱼，还有那些飘摇着的长长水草。沱江两旁，是有着百年历史的吊脚楼，最让人上心的是隐在一丛绿树中细脚伶仃的吊脚楼，它会让人不由想起久远，想起沈从文笔下的《边城》，想起翠翠在茶峒的渡口边对着水面无止境地凝望和等待……

沱江的水虽然不深，却很有层次感。沱江中，每隔不远的一段，便会在水中埋下跳石，以供两岸的人们相互走动。这些跳石不宽不窄刚刚好，绝不会妨碍两个相对的人来来去去。正因为这些跳石，一条沱江才显得更富情趣，水遇到跳石，会聚集为一股股的水流往下冲，发出淙淙声，阳光照着颤动的水花，水影迭起，形成厚厚的白色浪层，不停地照耀着人的眼睛。而沱江，便被拉成了高低几层，一旦让人看过走过，就会越发难忘。我们的乌篷船是从跳石不远的地方顺水而下的，过了古城，过了吊脚楼，沱江背后的青山便完全地呈现出来了。这时，水中有山，沱江变得绿如翡翠，竹篙一划，水面深深浅浅地漾起，似乎是画家黄永玉的画笔带过，无比的淋漓畅快。

穿过虹桥，一幅江南水乡的画卷便展现于眼前：万寿宫、万名塔、夺翠楼……一种远离尘世的感觉油然而生。沱江的南岸是古城墙，用紫红砂石砌成，典雅不失雄伟。城墙有东、北两座城楼，久经沧桑，依然壮观。

沱江河水清澈，城墙边的河道很浅，水流悠游缓和，可以看到柔波里招摇的水草，可以撑一支长篙漫溯。沿沱江边而建的吊脚楼群在东门虹桥和北门跳岩附近，细脚伶仃地立在沱江里，像一幅永不回来的风景。

船家是当地人，一路上，我极少说话，船家年纪不大，目测30岁左右。他倒是健谈，从他8岁的女儿说到自己美丽的妻子。他说当初迷恋他妻子的小伙不在少数，他并无自信能够追得到她。

于是，他便日日去他妻子家吊脚楼外唱歌。

"唱的都是什么歌呢？"好奇之下，我问他。

"都是自己现编的歌词啊。"

原来，船家自小便对各种声音极为敏感。早晨的鸟叫，雨点敲打着青石板和落在沱江面上的声音各有特色。

甚至，他会趴在一朵将要开的花旁边一看就是一天。大家都说他痴傻，可他却说自己能听见花开的声音。

他笑着说，他在她家窗外一唱就是两年。

可是，他从没有接收到任何的回应。然后，在一个大雨的夜晚，他站在她家窗外，默不作声地看着她家的楼里陷入一片黑暗混沌。然后再默默离开。

我坐在船尾，竟然深深地为这个故事着迷。

他知道，她入睡了。

彼时，他一定觉得，没有了他的歌声，她一样按时作息，并睡得安稳。

他回到家，换下被雨水浇透的衣服，同样也收拾起伤透了的心，然后夜里辗转难眠，并决定从此从她的视线里消失……

可是，他不知道，后来成为他妻子的美丽女孩，其实每个晚上都是在他悠扬的歌声里安然入睡的。歌声消失后，她整夜整夜失眠，生怕自己尚未拥有的爱情，便从此消失无踪。

于是，换作她，勇敢地找到他，并开始了他们甜蜜的爱情。

这是个太美太美的爱情童话，像终将流逝的、沱江里的一滴水。

伴着船公的故事，我们的篷船顺水而下。

当晚，回到住处，我做的第一件事情，便是把这个故事全部记下来。

我想，我们之所以爱上一个地方，这个地方的风景很重要，但最美的风景还是这些人，以及这些人身上所发生的独一无二的故事。

虹桥，百年修行百年孤独

泛舟沱江，不能不过虹桥。

虹桥卧于沱江之上，风雨楼以它的壮观和俊美拔然而起，这其实就成了一道重叠的风景，这道风景，由下而上，由古而今穿越着六百多年的历史。

船夫说，这座桥始建于明洪武初年，颇信风水的凤凰人都说，这座桥斩断的是一条龙颈，令一条巨龙身首异处。怪只怪那位和尚出身的安徽小子朱元璋，听信了一位阴阳先生的话。

这位阴阳先生为追索一支龙脉，从昆仑山来，一路取道云贵高原，终于来到五寨司城，他说屏立南郊，气势非凡的南华山和与之一脉相承一头扎入沱江的奇峰，就是他要寻找的龙头。并由此推断出，总有一天这地方会有人出来问鼎中原，从而诞生真命天子。

那位朱皇帝岂能容许边远的凤凰有他潜在的对头？于是朱笔一勾，一座桥跨沱江而起，龙颈被压，凤凰的风水也因之遭到了毁灭性的破坏。从此，凤凰再也出不来皇帝了。

我听后大为惊讶，问船夫"真的假的"。

他说：反正这是老一辈的老一辈留下来的传说，从他小时候就听，他现在也会讲给他的孩子听。本地人讲，外地人来旅游，也会给他们讲。

总之，桥就在那里了，不管刮风下雨，不管灾年顺年，桥还是桥，故事还是故事，径自在流传。

而桥下的那条潭，自古以来就叫"回龙潭"。靠近南岸，以前依山傍水还修建有一座"回涛阁"。

船夫说着说着，竟吟起"危楼俯瞰碧波寒"。

我一听，这诗我恰巧读过，于是接茬"回绕苔矶涌雪湍。绝似中流擎砥柱，不教江水起狂澜"。

和完诗后，我们哈哈大笑。他惊讶我竟然晓得这么生僻的诗，我惊讶船夫居然有如此的情怀。

据说，虽然虹桥的三个桥拱各垂一把锋利宝剑镇守，但被斩的蛟龙依然想苦心修炼，回归大海，无奈三把利剑无情威逼着它，它一动荡，疼痛难忍，于是天泼大雨，电闪雷鸣，荒洪滔天。

真是一个惊心动魄的故事。是真是假，由人遐想，不过船夫说，在民国三年（1914年），沱江的确发过一次三百年未遇的大洪水，上游被洪水掠来的房屋、树木漂过桥顶，席卷而去，南岸一号桥孔上游拱圈被冲打撞坏了一米多宽的口子，一号桥墩的分水尖被撞，虹桥受到重大创伤。这时新任湘西镇守使的凤凰人田应诏，为了表现革命后的改革和新政，美化凤凰古城，主持修复虹桥。

才听罢船夫的爱情故事，又听虹桥斩龙脉的故事，一个唯美，一个惊心。我泛舟沱江的乐趣，竟然不是沿江的风景，或是随波逐流的闲适，而是这两个差距甚远的故事。

陈斗南古宅院

在感叹这座湘里宝地风景优美的同时,更感叹这里深厚的文化积淀。

可是,究竟也不知是一方水土养就了一方之人,还是这里的人为这座老城增添了光辉。

沈从文、熊希龄、陈斗南……这些名人的故居,在古城就有七八处。

我最先来到的,是陈斗南故居。

从沱江古渡走进凤凰东门城楼,在杨家祠堂附近,有一条宽不过两米的弄堂。弄堂里人来人往,被挤得水泄不通。我费尽九牛二虎之力挤进了大门,进入陈宅的幽深天井。仰头观看这严密高深、仿佛与世隔绝的四合院回廊式二层楼,真有些井底之蛙的感觉。

这座由乾隆二品文官陈开甲建于清光绪二十八年(1902年)、占地三百多平方米的宅子里,出了两位国民革命军少将:陈斗南以及陈斗南之侄陈范。

陈斗南(1886—1931)将军,1924—1925年间与贺龙为湘西巡防军同僚,关系密切。1926年参加第二次北伐,1928年间贺龙领导工农革命军时在鄂南、湘北闹革命受挫来湘西,陈渠珍委派陈斗南支援贺龙领导的工农革命。1931年患恶口疮抢救无效,病故于汉口医院。

陈范将军于1937年率部参加抗日战争,血战嘉善。2005年中共中央授予其中国人民抗日战争胜利60周年纪念奖状及奖章。

整个住宅由前厅、天井、中堂、后进组成,全部为砖木构成,结构严谨,恢宏典雅,保存完整,是江南典型的四合院,俗称窨子屋。

院子里闪光灯明明灭灭,咔嚓咔嚓之声不绝于耳,那是游客们争相戴着土匪钻山豹的匪帽,手持大杆枪,坐在披有豹皮的太师椅上拍照。

湘西山高林密,向来是兵痞、土匪隐身之处,老百姓深受其害,为保护家

园,凤凰自古有尚武行侠的风习,这从著名文学大师沈从文的著作以及凤凰的原称"镇竿"(几百年来不断的苗汉冲突和战争使这里常年拥有一支军队,称"竿军")可以嗅出些气息。

当初看沈从文写的《凤凰》时,便对这些话记忆犹新:"地方居民不过五六千,驻防所属各处的正规兵士却有七千","两世纪来,清朝的暴政,以及因这暴政而引起的反抗,血染了每一条官道和每一个碉堡"。

游客实在太多,我又孤身一人,没有办法让别人帮我拍照,遗憾之余,便希望用自己的眼睛和心,多记住这个古老的宅院。

陈氏故居给我印象最深刻的是会客厅里陈放着的一个佛龛形状的木盒,里面供奉着陈氏祖先泥塑像。塑像高约一尺,是陈斗南为父母祝寿请泥人张传人张秋潭大师制作的,栩栩如生。男主人公留着长辫,头戴瓜皮小帽,手拿紫竹旱烟袋;女主人公手里拿着纯银水烟斗,两人分坐在床边的茶几两旁,似语非语,神态自然,形象逼真。

这件被专家、教授赞誉为国家级乃至世界级的泥塑艺术精品,曾在1953年参加许多大城市的巡回展出,每到一处都引起很大的轰动。1966年"文革"破

"四旧",红卫兵抄家时把塑像抄走,陈氏后人也被赶出宅院。"文革"结束后,陈氏后人回到这宅院内。他们千辛万苦,费尽周折,才于1982年把这原物拿回家。但老太婆的纯金耳环耳坠,茶几之上的银杯银壶以及他们手中的小物件都丢失了,不能不说是一个遗憾。

陈氏祖宗泥塑像是泥人张传人张秋潭大师的封世之作,被赞誉为国家级乃至世界级的泥塑艺术精品。

但是,细看之下,会发现这两尊塑像的手都特别特别长,与塑像的身体完全不成比例,我当时心里还在想,这真是十分夸张的塑法了。应该不是塑像师失误所为。这么明显的失误不应该是大师级人物该犯的错误吧;那么是故意的吗?百思不得其解。

后来,问了一位当地人才得知,原来,塑像的时候,两位老人尚健在。而我国民间素有不为活人塑像的传统,恐怕折寿。为了避讳,张秋潭大师刻意将两尊塑像的手加长,以"长手"取"长寿"、"寿长"之意。

恍然大悟之下,更是惊叹这位艺术大师的匠心别具,同时也暗嘲自己的见识浅薄。

陈斗南宅院还是《乌龙山剿匪记》、《末代苗王》、《我心飞翔》、《湘西往事》、《湘西剿匪记》等十多部著名影视剧内景拍摄地。

登木梯上楼,回廊环卫天井四周,雕窗画栋,工艺精细,室内装修极为考究。屋内和回廊陈列着拍摄道具,张挂着领导、名人参观留言和剧照、拍摄现场图以及著名导演、演员留下的照片、签名。其中,钻山豹的"公馆"和国民党女特务四丫头穿过的蓝底白花蜡染布褂、歇息的床铺最为瞩目,把人带回到那个风云诡谲的乌龙山中。

而现在,一切的风云突变与波云诡谲,都已经成了记忆。

一切的一切,都已成为这古宅、古宅内的塑像里,在阳光里飞舞的尘埃,人们或怀古,或凭吊,而那段历史,却如沱江水一般,日夜不息地消逝了。

沈从文故居

如果陈斗南将军曾是凤凰古城的武打明星,那么,沈从文便是这里的文科状元了。

沈从文故居,这座宅院,一如它的主人沈从文那寂寞、平和、优美得无以复加的人生和文字。

游人在参观他的故居或阅读他的书籍时,都会不由自主地发出感叹:不朽的文字就是这样从每一块青石板、每一只乌篷船及每一处流水上长出来的,自然得不须任何修饰。

这才是真正的"清水出芙蓉,天然去雕饰"吧。

夜幕降临,沱江依旧静静地流淌着,江边古老的水车依旧缓缓地转动,两岸的灯火渐渐燃起,小街两旁点着烛光的银饰摊越来越多,从酒吧中偶尔传来激情高昂的音乐声,而江面上,那一盏盏被寄予了祝福和希望的河灯,默默地流向

10 凤凰：一点点醉意，一点点忧虑

远方。

暮色中的凤凰，暮色中的沈从文故居，弥漫着古老而神秘的气息，让人忘了置身何处，今夕何年。

凤凰，一座平和而又带有野逸意味的边城。它是在民歌和民俗中渐渐老去的古城，是在杵声和月色里流淌着传说、故事的古城，一个蕴含了史学意味、美学意味、哲学意味以及文学意味的古城。

凤凰，它是用每一垛老墙、每一块青石板以及一些青山、一段流水、一艘小船，还有一些名人或底层人物的命运构成的一座让人牵挂的古城……

世人知道凤凰，了解凤凰，都是从沈从文开始的。1902年12月28日，我国著名作家、历史学家、考古学家沈从文先生诞生在凤凰古城中营街的一座典型的

南方古四合院里。四合院是沈从文先生曾任清朝贵州提督的祖父沈宏富于同治五年（1866年）购买旧民宅拆除后兴建的，是一座火砖封砌的平房建筑。四合院分前后两进，中有方块红石铺成的天井，两边是厢房，大小共11间。

房屋是传统木结构建筑，采用一斗一眼合子墙封砌。马头墙装饰的鳌头，镂花的门窗，小巧别致，古色古香。整座建筑具有浓郁的湘西明清建筑古城特色。20年代就蜚声文坛，被誉为"中国第一流的现代文学作家，仅次于鲁迅"的沈从文先生在古城里度过了他充满传奇色彩的童年。

沈从文的一生是坎坷的，而他却能在这坎坷里，无悔地诠释着"奉献"二字。

穿梭在沈从文故居络绎不绝的游客中，被淹没在其中陈列的沈老的遗墨、遗稿、遗物中，想到一世为人，静静地来，又静静地走，却成为人们的精神支柱，如沈从文一般，又有何求？

古城楼下的寻梦者

漫步古城中，走过一段左边是古城墙，右边是一排小商店的石板街道，迎面一座古色古香的城门楼，这就是北门城楼。北门城楼始建于明朝，城门面向沱江，据说是古码头和跳岩——古时凤凰古城唯一的过江通道。

北门城楼采用本地红砂条石筑砌，城门前还有一拱门，北门城楼与东门城楼之间城墙相连，前临清澈的沱江，既有军事防御作用，又有城市防洪功能，形成古城一道坚固的屏障，虽几经战火，仍巍峨耸立于沱江河岸，为影视名家所推崇。并且已有《湘西剿匪记》《乌龙山剿匪记》《边城》《血鼓》《战士》等数十部影视剧在这里作为主要的外景地取景拍摄。我曾经在电视连续剧《战士》中数次看到解放军战士们从北门出发和回城，在镜头下显得越发古朴。

北门的沱江码头是沱江泛舟的起点，河畔和城楼是观望沱江江景和对面老营

盘酒吧一条街的最佳观景点。

　　凤凰古城北门古城楼始建于明朝。凤凰北面，俗称北门城楼，本名"壁辉"。北门古城楼始建于明朝。凤凰元、明时为五寨长官司治所，有土城。明嘉靖年间从麻阳移镇竿参将驻防于此，乃于嘉靖三十五年（1556年）将土城改建为砖城，开设四大门，各覆以楼。

　　到清朝，古城的军事地位日显重要，先后在这里设凤凰厅、镇竿镇辰沅永靖兵备道治所，古城的建设也得到加强。康熙五十四年（1715年）遂将砖城改建为石城，北门定名为"壁辉门"，一直保存至今。北门古城楼采用本地红砂条石筑砌，做工考究，精钻细琢。城门呈一半月拱形，有两扇铁皮包裹。圆头大铁钉密铆其上的大门。城楼用青砖砌筑，重檐歇山顶，穿斗式木结构，石座卷顶。城楼对外一面开枪眼两层，每层4个，能控制防御城门外一百八十度平面的范围。北门城楼与东门城楼之间城墙相连，前临清澈的沱江，既有军事防御作用，又有城市防洪功能，形成古城一道坚固的屏障，虽几经战火，仍巍峨耸立于沱江河岸。

　　说是北城门与东城门，一个位于古城北，一个位于古城东，想想都觉得远。

　　可事实上，古城并不大，信步溜达，便来到紧靠沱江的东门城楼。

东门城楼原名"升恒门",为凤凰古城四大城门之一。

东门城楼始建于清康熙五十四年(1715年),城门下部由紫红砂岩砌成,上部城楼则用古砖砌筑。城门宽3.5米,高4米,呈半圆拱,两扇城门都用铁皮包裹,用圆头铁钉密钉,牢实坚固。城墙修筑全部用红砂条石,精丁细钻,规格一致,城墙厚0.8米,下部内外两侧用条石加石灰浆砌成,中间填以碎石黏土,层层夯实;顶部的中间填充物改为石灰、鹅卵石、黄土拌成的三合土,厚约0.33米,上面铺以红砂块石。城楼高11米,大门上方有枪眼8孔。歇山屋顶,覆以腰檐,飞檐翘角,精美壮观。

而对我来说,游走于这两座古城楼下,最让我的情感产生共鸣的,反而是那些城门下卖艺的"流浪歌手",他们或拿着手鼓,或抱着吉他,坐在石板上,自弹自唱,吸引着一大批的游客驻足、聆听。

我想,不管是唱者还是听者,只有这样,为了梦想不顾一切,哪怕没有稳定的生活,哪怕没有观众,哪怕漂泊,却仍然坚持着,让人感动。

杨家祠堂

提到祠堂,你能想起什么?

我能想起中国古代封建社会的宗法制。想起族长,想起《白鹿园》里的白嘉轩,龙钟老态下依然保持着在族人面前绝对的威严;我能想起这样一个听来的风俗,男女之间因为禁忌之恋被族人惩罚,惩罚的手段,便是将女子水葬。

而看到杨家祠堂,我第一个想到的,却是杨家将。可这座祠堂跟杨家一门忠烈究竟有没有关系呢?

我带着疑问出发,直到在泛舟沱江时的船家处得到了确证:相传这里的杨家都是大宋杨家一门忠烈的后代。所以,在祠堂里处处能找到大宋杨家的痕迹。

穿过熙攘人群，来到东门城楼和北门城楼之间的北边街史家弄入口处，便能看到杨家祠堂了。

之前我从未见过真正祠堂的样子，但我根深蒂固地意识到，中国人讲究风水，连住宅都讲究坐北朝南，正门朝中间开，遑论代表着一族人的祠堂呢？可是，杨家祠堂的门，却是侧开的。

正在我犹疑之际，听得一位带团的导游讲解，原来，杨家人信风水，将大门斜开，正对着沱江，可以使祖业千秋，荣昌万世，恰如沱江之水源源不断，兴旺发达。

进入大门，抬头可见二重门上的牛头和门上的蝙蝠木雕。牛头是湘西人的崇拜物，用以辟邪，保佑平安；蝙蝠则能带来福气，带来吉祥。

进得大门，一个典型的木质二层回廊四合院跳入眼帘，分别是大门、戏台、过厅、廊房、正厅。其中戏台与正厅正好相对，想必，如果有客来要以戏招呼的话，坐在正厅里，正也便于观赏。

看那戏台，单檐歇山顶，檐下饰高十六米的如意斗拱，四根台柱雕龙画凤。而戏台上最显眼的，要数戏台正中那栩栩如生的彩绘，所绘之事，正是"杨母教子"，伴以"威震三关"四个遒劲大字，恍然看到凤凰古镇这一脉杨家人，对于自己祖上满门忠烈深深引以为豪。

戏台后有两个侧门，大抵是供演员出入，分别写着"出将"和"入相"，彰显杨家"出则为将，入则为相"的自豪。

戏台两边的耳房与后台，都是专供演出者化妆休息所用。戏台的前方和上方有一组木雕，描绘的是一对青年男女自由恋爱，冲破重重阻力，后来幸福地结合在一起，过着男耕女织的田园生活，最后儿孙满堂，安度晚年。

戏台前为占地40平方米的小天井，铺满红砂条石，现在停了一苗族花轿，女子上去坐一坐，感觉一次新娘子含羞带喜之情趣。杨家祠堂曾经是凤凰城里听书看戏的公众场所，特别是在节日期间，上演傩堂戏，娱神驱邪。黄永玉等凤凰

名人小时候就经常在这里看戏，往返流连，而族中长辈则在二楼的两旁长廊观赏。唱戏之时，锣鼓喧天，热闹非凡，盛极一时。

穿行其中，杨氏一门的显贵，都隐藏在每一处考究的细节里。

除此而外，两边的廊房无论从做工的精细程度，还是其中体现的对于建筑美学的追求，都让人叹为观止。窗户、门、檐、饰件均系镂空雕花。

以前，但凡家族中有红白喜事，做寿或重要聚会，就在廊房就餐。现如今，这里早已成为苗族风情的小型展览馆。

一廊房里，陈列了一张婚床，床檐如吊脚楼的滴水屋檐，而且苗女在结婚时候，有哭嫁的传统，泪如水流，所以名为滴水床。床也很小，根本容不下成人——原来，以前苗女出嫁的时候都很小。旁边房间还有一大床，工艺精湛，雕刻丰富图样，床檐有三层，如果你是大富人家，床檐甚至达十层之多。上得这个床，新郎就要对新娘说："床上一辈子睡你和我，绝不换人。"——苗族的爱情就是忠贞。苗族人认为12是个吉利数字，节日如"四月八"、"六月六"，因此，在这里还陈列了12顶儿帽，寄托了对未来美好生活的无限向往。

除此之外，这里还陈列了极富苗家特色的农具、砂岩画、剪纸、花带、扎染和蜡染等。源远流长的楚巫文化和巫傩文化，交融形成的极具地方特色的土著文化在这里悉数可见：有做工精细的小背篓，可用来背小孩子，也可做购物用；打花带是苗家姑娘很小便要学习的，因而也是最拿手的女红。姑娘们把自己对爱情的美好向往织成漂亮的花带，送给心上人。

听到一位导游的介绍，惹得大家都乐了，导游问他带的团里的游客："知道苗族姑娘为什么佩戴那么多的首饰吗？"的确，以前就听说苗族姑娘，头戴银花，耳戴银环，项戴银圈，吃用银碗，当时也就认为是传统习俗，至于为什么，倒真的没有细想过。

"因为呀，从前湘西战事纷纷，苗族人把家当都做成银饰，必要时，人跑家产也带走了。"导游一习话把大家都逗乐了。

再看正殿。正殿建筑为抬梁式，长方形天井鹅卵石铺地，极为讲究，为杨氏宗族祭祠、议事之场所，香烟缭绕，庄重神秘，令人望而生畏。

正殿前面依次绘狮子滚绣球、鲤鱼跳龙门和麒麟送子三幅壁画，寓意家族兴旺发达，多子多福。正中供奉杨家祖先牌位。两侧还有杨氏家训："祖宗明德远矣，子孙勿替引之。"

翻译成白话就是：杨家声名已经百世流芳，子孙们千万不要给祖宗脸面抹黑啊！

走出祠堂大门时，告别这一处庄严场所，来到喧闹的街上，我深吸一口气，卸下心中的敬畏，混入人流。我想，也许祠堂里应该是最有故事的地方，因为只有它如此不倦地见证着每一个族人的出生与离世，更体味着他们的喜怒哀乐，显达或落魄。

而我们心里，会有这样一处圣地吗？我们能诚实地告解我们所有的喜怒哀乐吗？

11 稻城亚丁：纯洁如童话

纯洁如童话

对于稻城最著名的论断，
是美籍摄影大师李元所说的：
"稻城有你能够想象的一切，
有你想象之外的一切。"
既然如此，
在稻城，
应该也有一场美丽而浪漫的邂逅。
静静地发生在雪山草地森林海子之侧，
纯洁如童话。

最后一个纯洁的地方

我想，这是我迄今为止，收到过的最美的一张明信片。

是苏子从稻城寄来的。蓝得不真实的天空下面，兀自停着一片白雪覆盖的山峰。更奇妙的是，明信片的一角，却横伸出一剪红叶。

她的字，一如当年那么好看：相信我，一定要来这里，它是世界上最后一片纯洁之地。像是造物主用自己的画笔饱蘸着颜料，画出的一个五彩斑斓的世界。

从此，我知道，可以用五彩斑斓来形容一个地方。对于为什么是最后一片纯洁之地却没有答案。

苏子是我的大学室友，典型的南方女孩身量：白皙、纤瘦。却有着北方大老爷们的粗犷性格：大大咧咧，贪玩。

从上大学时候起，她就背一个单反相机，说消失就消失，而在她完全失去音讯的几天再若无其事地归队后，我们总是能收到她寄来的明信片：古都西安、杭州西湖、西川青城山……

等毕业后，我们去她上学时早已去过的地方，她早已把足迹留在了水城威尼斯、布拉格、法兰克福……

这十年来，或许我常常一个人背着包说走就走，与她潜移默化地对我的影响有不少关系。

她总是说，紫，我觉得，你更应该比我多出去走走才是。我只会拍照，只会给你寄明信片，而你可以写。有时候，文字比照片更能让旅游的记忆深刻而鲜活。

于是，我真的听了她的话，让自己一直保持在路上。

而当我在北京银杏树由绿而慢慢转黄的季节里，收到苏子的这张明信片时，我知道，我该出发了。

掏出手机，发一条短信：亲爱的，你还在亚丁吗？

在。她回短信的速度一如既往的快，文字也一如既往的简洁。不了解她的人往往很难接受她这种似乎完全没有感情色彩的字。

在那里等我。我马上到。

就知道你会来。

与她发完短信，在雀跃之时，又难免对自己心生埋怨。我总是这样，从来不会与任何人商量便决定启程。

当晚，与苏子通电话，我问她："究竟，是怎么样的美，让你用'纯洁'二字来形容一个地方？"

苏子笑了："你对文字那么敏感，到时候自己来感受吧。我先给你讲一个传

说,是关于亚丁村的。"

于是,我听她讲传说,感觉有点像小时候爷爷讲的那种故事:

传说,亚丁村坡下有一户依山傍水的人家,叫郭还家。这家人祖祖辈辈在这里生产生活,过着日出而作,日落而息的生活。对面有座山叫拿母山。有一天,郭还家家中一头奶牛在放牧时,丢失了。

于是,第二天天刚放亮,郭还家家里的小女孩曲珍便被打发到对面山上去找奶牛。小女孩一路走啊走,走到一个山洞前,发现那里竟然有一个活佛在修行。

在小女孩望着活佛之际,活佛并不去看小女孩,却对她说道:"我叫然降公纠降错,在此静坐修行,现在你看到了我,我就必须要吃东西。不然我就会死。你每天给我送吃的,不能告诉任何人,只要能坚持三年,我就会修炼成仙。"

善良的女孩心想,那肯定不行啊,于是拒绝了活佛。

然降公纠降错说:"那坚持三个月吧。"曲珍仍然说不行。

活佛继续让步:"那坚持三天。"

这下,曲珍答应了。于是,曲珍给他每天送去食物。

三天后，便有一个活佛来郭还家家叩门，并住了下来。

在活佛住在曲珍家里的这段日子，小孩在房子后面的山坡上放羊时，总是隐隐约约地听见附近有猪、狗的叫声，有时候甚至还能听见人的喊叫声。但是，四下望去又什么都没有。

更奇怪的是，曲珍还时常能在路边捡到一把一把捆好的青稞。

回到家里，曲珍不解，于是她把这些情况说给活佛和家人听，然降公纠降错活佛说："你们家世代在这里，独门独户，孤单得很。你们需不需要别人给你们做伴？"

郭还家说："当然需要啊，我们祖祖辈辈住在这里，与外界没有任何往来，感到十分孤单啊。"

于是活佛打坐念经了一晚上，第二天早晨，活佛给了曲珍一把青稞，让曲珍撒到上面坝里。这一撒不要紧，突然烟雾四起。曲珍吓得趴在地上，死死地捂住眼睛，等周围一切动静都没有了，曲珍才睁开眼，发现浓雾散尽，眼前出现了一大片村庄，这就是香巴拉亚丁村。

故事听完了，我马上笑苏子幼稚，心里却知道，听过因为躲避战争而起的村庄、听过因为分门别户而兴起的村庄，而充满着善意和感恩的起源故事，我却是头一次听说。

不觉地，对亚丁颇多了几分好感。

途经仙鹤之乡

订的是从北京飞往成都的机票。再从成都坐长途大巴往稻城。去到雅江县。

让苏子在亚丁等我，我却并不急着赶路，她也并不催我。

她是那种在一个喜欢的地方，尽情地待上两三个月也不会离开的人，于是，我中途在雅江做短暂停留。

然后继续往亚丁走。

我在大巴上的座位不临窗,所以,眼前突然出现一片辽阔草原的时候,我伸着脖子往外看,临窗的大哥说,姑娘,来,咱们换个座位吧。

我高兴地换了座位。一路上,我便都看着窗外的风景。

等看得眼花缭乱的时候,我将身体坐正,跟这位热心的大哥攀谈起来。

基本上都是我在问,他一一解答,然后,便在那些回答中,得知刚刚令我为之着迷的草原的全貌。

刚刚经过的地方叫红龙草原。所在地为雅江县红龙乡,又名塔子坝,因著名的洁白佛塔和方圆数十公里的辽阔草原而得名。

塔子坝的藏文为"淌嘎玛",意为"白色灵鹜栖息过的地方"。

有关淌嘎玛之名和佛塔的由来有个神奇而美好的传说——

相传,六世达赖仓央嘉措圆寂后,西藏三大寺的神职人员和噶厦政府一位名叫色本的官员开始了对达赖转世灵童漫长的寻找。他们到三大圣湖看显彩,在佛祖面前祈祷、诵经、占卜。又在六世达赖仓央嘉措生前写的诗歌里寻找暗示。

仓央嘉措写过一首诗叫《仙鹤》,"洁白的仙鹤啊,请把双翅借给我,不飞到遥远的地方,飞到理塘就回……"

各相印证,他们基本可以确认,第七世达赖就降生在理塘。

于是,色本率领全体寻访人员来到理塘的擦卡住下来,会同理塘的高僧们一起秘密寻访、验证后,证实灵童就降生在一穷苦牧民家里,其父亲名叫索南达结,母亲名叫索南曲措。

寻访工作已有了眉目,接下来照事先公布的进行测试。这天,所有在六世达赖圆寂之日出生的男孩纷纷前来测试,场面极其庄严隆重。

当索南曲措背着儿子刚跨进测试房门时,孩子突然"哇"的一声大哭起来,高坐在上的色本顿时怒而骂道:"狗需要的是骨头,讨口子需要的是糌粑。"说着

信手抓起一团糌粑扔到索南曲措的面前,厉声说:"滚出去!"

满面羞愧的索南曲措拾起糌粑揣在怀里,头也不敢抬,弓着腰退出了门。屋里屋外顿时响起一片嘲笑之声:"这么胆小的草鼠崽子,也妄想当灵童,真是癞蛤蟆想吃天鹅肉哇,哈哈哈……"色本余怒未消,也辅以一番挖苦:"嗯,野鸡能与灵鹫一样飞翔蓝天吗?"

索南曲措背着儿子来到一个僻静处,拿出糌粑掰开一看,里面是一块大金锭。

原来,色本早就导演了这出瞒天过海的苦肉计,为的是灵童的安全着想。测试前夜,色本悄然来到索南家,如此这般对索南曲措耳语一番。孩子突然大哭,是因为腚上被母亲狠狠拧了一下。

　　金子毕竟不能当饭吃，索南曲措背着儿子来到今塔子坝时，孩子饿得直哭，她只好把孩子放在草丛中，穿过这片大草原去找吃的。这时突然狂风大作，鹅毛大雪从天而降，转眼间，辽阔的草原成了茫茫雪原。

　　天黑了，不辨东西，索南曲措迷了路。心急如焚的母亲担心儿子被冻死，又担心他被饿死，还担心孩子被野兽吃了，惊惧交加之下，她长跪在雪地上向神灵磕头，祈求神灵保佑儿子平安。

　　虔诚的索南曲措磕破了头，血流在雪地上，洇出一片殷红。至今，塔子坝中间仍有一块数九寒天、冰冻三天也不积雪的殷红草地。

　　当索南曲措磕到九百九十个头时，风止了，雪停了，天亮了，她疯了一般找到儿子。远远只见儿子甜甜地睡在一只洁白的灵鹫的羽翼下，安然无恙。

　　灵鹫见孩子的母亲来了，便不慌不忙地站起来，引颈展翅，扶摇直上蓝天，朝拉萨方向飞去。

　　索南曲措背着儿子——七世达赖噶桑嘉措，按色本的吩咐朝拉萨走去。一路上，她舍不得花那块金锭，沿途乞讨，风餐露宿，绕道青海，经历了千辛万苦，耗时整整七年才到了拉萨。

　　母子俩平安走进了布达拉宫……

　　《仙鹤之歌》从此传唱开了，理塘因此享有了"仙鹤故乡"的美名。七世达赖在洁白灵鹫羽翼下睡过的地方便成了当地人们心目中的圣地，"淌嘎玛"也就由此而得名。

　　后来，理塘二世香根活佛在这块圣洁祥瑞之地讲《时轮金刚大法》，方圆百里的民众赶来听法。之后，在这圣洁祥瑞之地上建起了佛塔……

📍 一念慈悲

　　稻城县位于川西高原西南边缘，全县只有3万人口，面积3723平方公里，有典型的藏乡风情。

　　苏子在电话里给我的描述是：早上起来，晨雾里群山起伏，美丽的稻城河从县城外蜿蜒流过，河滩上一排排白杨被秋风染黄了叶子，在太阳底下闪着金光；沿河从县城到桑堆乡一路的河滩旁，布满了红色的沼泽；炊烟飘起的牧场上，牦牛静静地吃草。纯净的蓝天，飞过白云间的苍鹰，风格独特的藏乡建筑，金黄的秋杨，深红的沼泽，波光粼粼的小河，堪称一幅美丽无比的油画。

　　稻城并不大，分布在一片懒洋洋的河滩边。

　　苏子来接我。下了大巴，她接过我的行李便往前走，我紧随其后。并没有太多的话要讲，但这又并非尴尬。到达一家林场招待所。

　　和苏子，这是我们大学毕业后第一次相见。可我们并非想象中要拥抱，然后说：还好吗？那一夜，我们各自讲各自旅行中的经历，她的足迹已经遍布了各大省份的各个犄角旮旯，这些地方中，有旅游名胜，也有尚未进行旅游开发的，当然，同样有名不副实的，有桃花源一般不为世人广泛知晓的。

　　她说她真想让我把这些地方都走一遍，然后用她的照片，我的文字，让它们的美不再被埋没。

　　我告诉她，我一直有听她的话，每到一个地方，便将见闻记录下来，有朝一日，一定将结集成的游记送给她。

　　第二天，我们住的那户人家要放生，苏子兴奋地带我去了。

　　她说，在藏族地区，很多习俗都是与宗教联系在一起的，放生也是如此。

　　据藏族历史记载，西藏古代盛行的原始宗教是本教，也称黑教。"最初流行于后藏阿里一带，后来自西向东传布到西藏各地。崇奉天地、山林、水泽的神鬼精灵和自然物，重祭祀、跳神、占卜、禳解等"（《宗教词典》）。由于对各种神鬼精灵和自然物的敬畏，本教徒常用牺牲祭祀并伴之破坏大自然的行为，史书记载曾出现过"血流成河，肉堆成山"之说。可见，当时野生动物和自然资源遭到了严重破坏。由于历史的前进，时代的更替，高原上佛教替代了原始本教。

藏传佛教与本教的最大区别之一就是提倡不杀生，随之又有了"放生"之俗，并延续至今。如今的西藏和广大藏区农牧民生活水平提高很快，家家都有余粮余钱，放生之俗也更广泛、更普遍，有放生之举的家庭也更多了。

稻城放生作为一种藏族民间文化，在广大藏族地区因富裕程度不同而不同程度地存在着，不仅表现手法多样，心理、目的也各异。

农区家家有耕牛，地里的活它出力最多，农民对耕牛爱护备至，农活累的时候，每天都要给耕牛开小灶；对耕牛从来不乱打更不会随意杀掉，一直养到它老死为止。有些人家还将自家老死的耕牛的头埋在地里，待其皮肉腐烂后，把骨头取回家，并在头骨的正方刻上六字真言，挂在自家的屋檐下，表示对它的怀念、感激和尊重。

无论农区牧区，藏族人家家养奶牛，喝的牛奶、用的酥油都是它的恩赐，所以在家畜中奶牛也最受宠。许多山村都有将奶牛尤其是老奶牛放生的习惯。有些奶牛从小就生活在主人家，跟随主人十多二十年，和主人家庭建立了很深厚的感情，为主人家做出了不少贡献，"吃的是草，挤出来的是奶"。所以当它老了后，主人对它就更加关心、更加疼爱，不打不杀任其自由地生活。

还有的人为了求家人平安而专门放生，这种做法在稻城藏区最为普遍。有的人为了求全家人的幸福和吉祥，就将自家某一特定的牛或羊作为放生对象，任其自由生长，不耕、不驮、不杀、不售，死后连其皮肉都不用。也有的人家在自家的羊群中选出一只或几只公羊放生，在它的耳朵上穿个孔，系上不同颜色的布条以示区别。所以在康巴藏区山里草坝子上常年散落着几只、几十只的放生羊，其主人已经完全放弃了对它们的所有权。

在康巴稻城藏区，最常见的、为数最多的是放生公鸡。当家里有人生病时，就请活佛或道士打卦，然后将一只或几只公鸡放生，把它送到神山或寺庙里，不管不杀，即使它回到家中也不杀，任其自生自灭。在那些地方的神山或寺庙周围，四季都有成百上千只公鸡，都是当地人放生的。

保护生态放生对象不仅是牛羊，还有鱼类及野生动物，所以其结果达到了保护生态的目的。如大多数坐落在水边的村寨藏家，从来不打鱼，也不吃鱼肉。有些上年纪的阿爸阿妈还经常守在河边，劝说外来打鱼的人，甚至将他人打来的鱼买下再放回到水里；有的人在山上见到受伤的动物，不但不杀它，还给它食物、帮它疗伤，直至伤好再放归山中。

更严厉的是，很多地方将本村四周的山和水列为禁山禁水，并且有专人守护，不准任何人上山打猎、下河捕鱼，不准伐木打草甚至放牧等，如果违犯，打猎的枪、捕鱼的网等劳动工具，则会被没收，还要按村规民约予以经济上的处罚。

放生之俗是随着佛教的传入而产生发展起来的，自这一习俗在民间普遍为人们接受后，使原来在本教影响下的那种无节制地宰杀家畜、捕杀野生动物，毁坏森林等现象得到了彻底的改变，它在客观上起到了保护生态平衡的作用。禁止乱杀乱伐、积极保护牲畜和野生动物、保护大自然在藏族民间逐渐成了一种自觉行为。久而久之使藏族地区很多地方的人和自然离得很近很近，人和自然相处得也非常和谐。

而这次由于我和苏子也加入了扎西一家的放生行列，所以，他们竟一共放生了六只公羊（其中包括我和苏子的），我十分愧疚，为了我和苏子，这户人家就要损失两只羊。

于是，我将我的疑虑告诉了苏子，苏子笑笑说，这可不叫损失哦，放生不仅为我们俩乞求平安健康，对于扎西他们来说，也是积善行德的举动。我们不好阻止的。

于是，这也是我平生头一次，参与了放生。

📍 油画般的乡村

第二天我们便毫不犹豫地向日瓦进军了。

从稻城到日瓦的道路很难走,好在我们常常出行,对于这样的奔波早已司空见惯。

到达日瓦时天色尚早,一路上我们只见到了一个比较大的村落和一所小学校,一群好奇的孩子远远地打量着我和苏子:满身尘埃的两个女人,每人脖子上挂一台单反。我想,不管是我,还是苏子,这样的形象,在工作环境中的人是决然不可能见到的。

日瓦的藏民房屋修得十分讲究,一色就地取材的花岗石墙,在阳光和绿树的衬托下格外漂亮。苏子带我走进了一户人家。我惊讶于她和这户人家的熟稔,苏子了解我心里的疑惑,在女主人为我们准备晚餐的时候,她告诉我说,这户人家

是她在去亚丁的路上认识的。

那天下着大雪,她又累又饿,显然在这样的天气里去亚丁断然不可能。于是,她敲开了这户人家的大门。女主人很热情地叫她过来,帮她烘干潮湿的衣服,然后为她做了一大碗暖暖的鱼汤,她说:"鱼绝对新鲜,是头天晚上半夜去河里炸上来的。"

然后,在等待雪化的那几天里,她在这户热情人家的招待下,倦怠了去亚丁的念头。于是,她便每天跟这家那个12岁的小男孩扎西玩耍,教他说汉语,跟他讲外面的世界。

雪化得差不多了,这家人为她安排了马夫和马匹,她骑着马进了亚丁……

第二天,我和苏子仍然骑着这家主人为我们安排的马匹向亚丁进发了。山路很难走,马背上的滋味远没有想象的美好,稍不留神就有滚下马鞍的危险。

在一些特别险峻的地方,马夫们会把我们扶下马,步行通过后再让我们上马。苏子的枣红色大马在前,我的黑色马在后,苏子为了让我听得清她说话,几乎是扯着嗓子吼的。她说:"曾经有过连人带马在这里摔下悬崖的惨剧。"

其实,去亚丁的路不远,难就难在一路都是些崎岖险道,而且还要穿过一些原始森林。在途中,我们会稍事休息,我和苏了还有两位马夫围坐在一起,燃起一堆火。马夫取出自己带来的青稞饼、烧酒、奶茶,并用藏刀切割下一块生硬的腊肉在火上烤,并且友善地请我们品尝。我们也拿出我们带来的饼干、碎得一塌糊涂的薯片,就着清洌的山泉,吃了一顿别具风格的饱餐。

下午四点,我们终于在两位马夫的带领下到达亚丁。

亚丁是个特别特别小的村落,且住户之间住得特别分散。所以,虽然我们到了亚丁,但真正离我们晚上要休息的地方,还有好几里地。

我们并不着急赶路,一路走走停停,拍了好多照片。愈行愈幽深,景致也愈

来愈美好。一小时之后,眼前一片光明,出现了一个很大的开阔地。

一条清澈小溪绕着开阔地蜿蜒流过,雪山的倒影,摇摇晃晃地漂在清澈的水面上。临水搭建的,是几个崭新的帐篷,正是从那里,我们看到袅袅炊烟升起。

眼光再看远点,我看到不远处的小山坡上露出一座寺庙的房顶,我兴奋地说:"苏子,那里有座庙,咱们去拜拜。"苏子说:"那叫'冲古寺',里面有几位常住喇嘛。"

于是,我们便向冲古寺去了。

经过一个小桥,然后绕过小山坡便可以到达冲古寺的院内,从一个狭窄的木梯爬上楼,我看见在香烟缭绕之中供奉着班禅、达赖和诸位活佛的画像,我恭敬地跪在地上,两手合拢,二目微闭,完全依照那位喇嘛的姿势祭拜着,只为表示我对诸神的敬畏之心。

这个寺地处幽僻,与这几位喇嘛长相厮守的是一群鸡和几只老山羊,他们安然地和平共处,那几只老山羊自由自在地跟在进寺人的后面,那样子常常使我想起《巴黎圣母院》中的那只神羊。

冲古寺不时有一些日瓦的香客前来瞻顾,或经过这里再去朝山,这些人大多身板硬朗,似乎以老年妇人居多,而且总是面带慈祥的微笑,偶尔还能看见一些从更远处徒步走来的信徒,他们打着绑腿,背着干粮,跋山涉水来此朝圣,经过我们的帐篷时,微笑着点点头又继续前行,晚上如何歇宿也就只有神仙才知晓了。

我开始很明显地气喘吁吁,并感觉头昏脑涨,稍稍动一动就上气不接下气。苏子大概已经习惯了,两位马夫土生土长的本地人,自然这些路途对他们来说更是不在话下。

我们的晚餐十分简单,高压锅煮米饭,洋芋做菜做汤。我对于这高原上原始森林的参天古木、厚厚草甸的平展舒坦和远处雪山上残留着的橘黄色的落日余晖十分惊喜,已经无心顾及晚饭的单调了。

晚上，两位马夫在一个帐篷，我和苏子一个帐篷。高原的夜晚十分寒冷，四周一片寂静，真可谓天籁无声。

当第一抹金色朝辉洒在冲古寺后面的山岩上时，我们又出发了，我们不知道前面还有多远，也不知道还有什么奇迹在等待我们，只是任凭马夫牵引着前行。

其中一位马夫在聊天时告诉我们，亚丁是神仙居住的地方，这里有三座美丽的雪山，一座叫"仙乃日"，一座叫"央迈勇"，另一座叫"夏诺多吉"，三座雪山分别是观音菩萨、文殊菩萨和金刚手菩萨的化身，三位神仙救苦救难，保佑亚丁的藏民世代永享安宁与吉祥。

大约中午时分，我们来到一个十分宽阔的草地，连苏子也未曾来过，叫洛绒牛场，我们被眼前的景象惊呆了，滚鞍下马，我们瞬间在草场上欢呼雀跃起来。其中一位马夫制止我们，说万万不可这样，会惊扰神灵。在草地的边缘，一座巍峨洁白的雪山拔地而起，阳光轻轻地照在雪峰之巅，给皎洁的雪峰戴上一顶鹅黄色的金冠，周围一片宁静，山岗的哨悄悄吹起，溪水在静静流淌，蓝天上飘浮着几朵柔柔的白云，一派吉祥、庄严。

只见两位马夫五体投地，嘴里念念有词，我们情不自禁地对雪山鞠躬、叩首，深深地慑服在这一片神秘的静寂中，面对着几百万年来雄奇伟大的天成，面对着亘古不朽至美至真，我们的灵魂在轻轻地战栗，我用整个身心匍匐在软软的草地上，双手直直地伸向前方，毫无保留地把自己坦伏在神的脚下，我们这一群凡夫俗子，浸染了太多的人世间的浊污，我们的灵魂和躯壳应该在这天光日华下领受洗礼，获得净化，我抚摸着这厚厚的草甸，真想和这房屋的大地融为一体，远离尘世的一切纷争与烦嚣，在博大壮美中物我两忘。我从来没有如此强烈地体会过，在这广袤而洁净的天宇间人是如此的渺小！

仙乃日，仙境之中忘了归处

在亚丁，我们的宿营地就是冲古寺附近的空旷地带。

在游玩一圈后，我们的目标便是被他们称为"仙乃日"的雪峰，据说那是三座雪峰中最美的一座。

我们踏着厚厚的植被，穿过冲古寺后面一片茂密的原始山林，正气喘吁吁之际，猛一抬头，但见仙乃日雪峰银装素裹，高耸入云，玉洁冰清，妙象端庄，仿佛观世音菩萨正端坐于莲台之上。

紧邻其旁的是一座天生的金字塔，俨然如观世音菩萨的守护神，在菩萨的莲台下，静静躺着一弯明澈如镜的高原海子，湛蓝湛蓝的湖水倒映出仙乃日雪峰的卓然丰姿。

我想，在月明风清的时候，菩萨会不会来到湖边对月梳妆？同行的旺堆告诫大家千万不可高声言语，否则神灵会降罪于我们，我们就十分紧张和小心地拍摄着，尽量不弄出声响，但忘情之中却有人情不自禁地开始呼朋唤友，顷刻之间，刚才还是朗朗乾坤，此时天却突然阴沉下来，鹅毛大雪纷纷扬扬，我们抓起脖子上的相机，正想抓拍一点大雪纷飞的镜头，却不想，大雪仅仅飘了一小会儿便停了，就像北京夏天傍晚突然而至又戛然而止的暴雨。

天空又恢复了碧蓝，仙乃日雪峰上罩着一片淡淡的白云。

苏子说，由于海拔很高，有时一天之内气候变化万千，忽晴忽雨，晨昏的云雾里仙子出浴般的雪峰，蒸腾着云烟的森林，霞光里雪山闪耀的金辉，山峦谷地上层层叠叠、五彩斑斓的红黄绿相杂的树木，倒映着雪峰碧澄的海子，草甸上木屋旁悠闲的牛羊，还有穿梭于草甸林间的潺潺溪流，山岚里飘着赶马人的藏歌，让你恍如置身仙境之中，忘了归处。

从仙乃日下山经过冲古寺旁，我看见斜坡上坐着三位老妇人，慈眉善目，极

像三姐妹，她们冲我们微笑，我赶紧拍下了这个难得的镜头，在她们身旁，那几只老山羊在夕阳下安然地啃着草皮，猛然间，我想起了那三座雪峰……

我们不得不返回了，心里却充满了对亚丁的依依别情。我们渐渐读懂了香格里拉的真正含义，"失落的地平线"其实一直就在我们身边！

📍 藏族服饰的传说

在亚丁，乃至整个稻城，人人脖子上都挂着串珠，胸前饰着珍宝，好奇之下，我便问苏子，苏子说你记好了啊，本故事大王这就一一给你讲来。

很早很早以前，在乎尔扎草原上，居住着一个部落，部落酋长是个非常残暴的人。有一天，他失去了一匹马，这匹马是酋长最心爱的马，也是他一千匹良马中最好的一匹。酋长给这匹马特意起了个好听的名字叫虬龙，专门派了十二个奴隶，像关照酋长那样关照它。既然这样，为什么又会丢失呢？关于这匹马丢失的原因，可神啦，那天，酋长吃饱了饭，闲来无事，就叫奴隶把虬龙牵来，他像赏花一样，仔仔细细地观赏着。正在酋长越看越高兴的时候，忽然一股龙卷妖风，轻轻地从酋长面前吹过，几粒沙子迷住了他的眼睛，等酋长揉去眼里的沙子，睁眼一看，虬龙不见了，连拴马桩也被拔走了。酋长丢了马，就像丢了魂一样。他叫一个奴隶去找，三天以后，奴隶回来了，但是连马的影子也没找到。酋长问："你为什么不把马给我找来？"奴隶说："尊敬的酋长，我日行三百里，夜走二百里，翻了三十三架大山，问了三十三家帐篷，遇见了一百二十个牧马人，有老有少，不论男女，他们一听酋长丢了马，都高兴地对天大笑。"酋长说："你白吃了我的酥油糌粑，是个真正的窝囊废，把脖子伸过来吧。"奴隶来不及防备，就被酋长拔出腰刀，割下了头。

酋长叫来第二个奴隶，说："你赶快去找我的虬龙，如果找到了，有赏，找不到，就做好掉头的准备吧。"第二个奴隶去了。过了三天三夜，酋长在帐篷门口等着他，没想到第二个奴隶又空着两手回来了。酋长问："你为什么不把虬龙找回来？"第二个奴隶说："尊敬的酋长，我日行千里，夜行八百，牧马人问了不计其数，他们都说只见有一股旋风，没有见到马。"酋长说："你为啥不跟着旋风去追，真是个无用的废物，伸过脖子来。"酋长又杀了第二个奴隶。这样他连续把十一个奴隶都杀了。轮到第十二个奴隶，也就是放马的最后一个奴隶时，酋长把他叫来，说："采敦老奴，你给我放马五六十年，乎尔扎的一山一水，一草一木，你都了若指掌，只有你能找回虬龙。如果你找来了，赏你一块绿松石（也叫松耳石），挂在脖子里，如果找不来，回来你就伸脖子吧。"采敦老人就赶快出发了。他披星星，戴月亮，双脚不停地走了九天九夜，走进一座大山里。他站在高山顶上，向四周仔细观察，连一只小兔子都逃不过他的眼。他看着看着，忽然一个骑马的飞奔而来，采敦迎上去一看，啊，高兴极啦，这匹马，正好是他要找的虬龙，只是马背上的骑手，是一个小牧羊娃，他的脸蛋红中发黑，头发又长又密，两只大眼睛像两盏神灯，明光光地照射着采敦老人的全身。采敦问："小师父，你为何偷走我们酋长心爱的虬龙，害得十一个牧马人丧命。今天要不是碰上你，不出十日我也会被杀头的。"马上的小孩，只是昂着头看天，不言不语。采敦又说："小师父，现在你赶快下马，我要把虬龙牵回去，交给酋长。"小孩还是仰头望天不出声。采敦没法打动他，只好牵着马，驮着他回来见酋长。

酋长重新见到虬龙，真是喜出望外，只是马上骑了个小孩，他很生气，说："啊，曲（狗），你好不要脸，竟敢大胆无耻地骑在我的马上，连我都舍不得骑，你犯了罪，还不把脖子给我伸过来。"小孩仰头望天，一点也不害怕。采敦说："尊敬的酋长，老奴找回虬龙，你亲口许的诺言是有赏。"酋长大怒，说："你为什么驮来一个像狗一样不知好歹的小孩，还要什么赏，快把脖子伸过来。"采敦一听，酋长不光残暴，而且还是个大骗子，自己受了骗，只好给他伸脖子吧。采敦用手往脖子摸了又摸，看看马上的小孩，然后伸给酋长让他割。酋长抽出腰刀，一道寒光，直向老奴的脖子砍过来，只听"咔嚓"一声巨响，酋长的刀就像砍在青石板上一样，只见飞起三颗火星，刀口崩了三道口子，老奴的头还长在脖子上，他连一点疼痛也没感觉到。酋长又举刀猛力砍去，又是同样的情况，只见火星飞溅，不见一滴血。酋长恼羞成怒，双手抱着刀，用尽全身力气，再一次向老奴的脖子上砍去，只听当啷一声，宝刀一断三截。原来，刀并没砍在老奴的脖子上，是小孩用自己的脖子，挡住了酋长的刀口。酋长叫人又拿来一把能够吹毛断发，剁铁如泥，带有双口利刃的钢刀，叫武士向小孩的脖子上，左右乱砍，只听得发出"叮叮"、"咣咣"、"铿铿"各种金石撞击之声，揪心刺耳，小孩脖子上连个刀印都没留下，酋长害怕了，叫来四五个手下，拿来几根皮绳，说："既然刀砍不进，就用绳子给我勒死他。"手下人把皮绳刚往小孩脖子上套去，却意外地发现他的脖子上挂着一串闪光发亮，五颜六色，像彩虹般美丽的小珠子，珠串下梢，系着一块圆溜溜，明晃晃，亮光光的宝贝。它像月亮一样净，又像太阳一样亮。人们从来没见过这么好的东西，更不知它叫什么名字。酋长一看，吓得大叫一声："啊，啦啦，小小毛孩，肉脖子比金刚石还硬过九分，砍断了我的三把宝刀，原来脖子上有这些神奇的宝贝。你们快给我摘下来，拿来挂在我的脖子上，往后出去打仗，谁也别想砍下我的头。"于是，手下人蜂拥而上，七手八脚，去摘小孩脖子上的珠串和宝贝，但是他们一个个用尽九牛二虎之力，累得气喘吁吁，还是摘不下来。酋长只见小孩仰头望天，珠串在他脖子上闪闪发光，宝贝吊在他的前胸上，又体面又好看，就是无法得到，急得心里直痒痒，像发疯一样。

采敦在一旁看着，自然心中有数，原来酋长是个残暴无能的家伙，他的脑子和石头一样愚顽。他上前对酋长说："尊敬的酋长，谚语里说：'钢刀虽快，不杀无辜'，马背上的小孩，往日与你无冤，今日与你无仇，有幸初次见面，就动起刀来，这不合我们祖先迎宾好客的习俗，你应该以礼待人才是。"酋长想：这个小家伙，既然刀砍不死，就叫他下马做客吧。这时，小孩下了马，被酋长的手下人请进帐篷。采敦端来酥油糌粑和牛肉招待他。酋长恭恭敬敬给小孩敬酒。小孩只是昂起头，连看都不看。酋长一怒之下，把酒碗摔碎，又拔刀向他的脖子上砍去。采敦急忙拦住酋长的刀，说："尊敬的酋长，老奴劝你想想，瞎子搬石头，不分大小，还要掂个轻重哩，这小孩他两眼不离开天，说明他的到来是天意，还有谁能不服从上天的安排。"酋长说："照你的意思，怎么办好呢？"采敦说："赶快偎桑，请小孩坐在神位上，第一个给他念经叩头的就是你酋长。"酋长照老奴的话，把小孩请到神位上，等酋长给小孩叩头诵经完毕，小孩才低下头来，对着采敦老人微微一笑。酋长见小孩低头笑了，就叫采敦去摘他脖子上的珠串，采敦刚要伸手，只见珠串带着宝贝，轻轻离开小孩的脖子，向酋长飘过来。酋长赶快把脖子伸过去，珠串落在酋长的脖子上，宝贝也吊在酋长的胸前。酋长立刻觉得自己是多么神气，就高兴得跳起来，大喊大叫道："奴隶们，伙计们，快来看，这是什么神物？挂在我的胸前，从今后，看看谁能砍断我的脖子？"采敦拔出腰刀说："尊敬的酋长，你的脖子一定赛过金刚，现在把所有的人都招集起来，当场表演，让众人知道，酋长的脖子是刀砍不断的。"酋长下令招集四面八方的人，当人们到齐的时刻，他完全学着小孩的模样，把头高高仰起，两眼望着青天，挺直腰板，伸长脖颈说："奴隶们看着，我的脖子是钢刀砍不进，阔斧劈不开的，这全是天意，钢刀砍在我的脖子上，我能叫它一断三截，这可是神对我的安排和保佑，从今后，你们谁敢不服从我，也就是不服从神，就要割断脖子，重重惩罚。我命令采敦老奴来割我的脖子，他的刀虽然是最快的，但我的脖子是最硬的，会出现什么情况，大家仔细看吧。"酋长看看四周，今天来的人真多，他随即喊道："老奴，还不动手，放心地砍来呀！"采敦将早已磨得锋利的刀，紧紧地攥在手中，一步一步地走到酋长跟前。酋长正在得意扬扬，好像自己已经变成了神。采敦举刀一砍，众人只见一串珍珠，带着一个圆圆的宝物，从酋长的头上飞起，飘落到一个小孩的头上，一道道金光，照得大家眼花缭乱，正在大家十分奇怪地惊叫起来时，采敦的刀一落，酋长的脑袋从脖子上滚下来，尸体倒在地上，黑血流进黄沙里。

奴隶们向采敦拥过来，表示感谢，他为受苦人除了一害。采敦老人又把小孩扶在虬龙上，站在人群里，高声说："我们除了残暴的酋长，从今后就立小神师父为王吧，有了王就可以把所有的部落统一起来，杀掉那些残暴的酋长，在王的管辖之下，过自由的生活吧。"众人欢呼，"王万岁！"小孩在马上用双手捧起珠串上的宝贝，让大家看。呀，奇怪，每个人都看到整个草原和人群，都照在那件宝贝里面了，每个人还看到自己的笑脸。大家异口同声地问："这是什么宝物？"骑在虬龙上的小国王说："美龙（藏语，镜子），美龙。"大家齐声高呼："美龙王万岁！""扎西德勒！"

美龙王的大名一传开，草原上许多部落的酋长，都认为这是天意，愿听从神的安排，于是纷纷都来归顺了他，从此，草原上各个小部落，就联成了一个大国，美龙王就是藏家历史上的第一个大王，因为他的脖子上戴有美龙，有人也叫他"脖子上的王（藏语为：列赤热尔赞普）。"直到现在，藏家人不分男女，脖子上都喜欢挂上珠串，胸前戴上各样珍宝，以示吉祥如意，这个习俗，也从此流传下来。

而我此次亚丁之行的最大收获，便是带回了这样一套饰品。

与苏子告别时，我回北京，她仍没有离开那里的意思。

她说她要赏遍每一座雪峰，听完每一个古老的传说。

而我，及至回到北京，仍然有点恍惚：感觉是人走了，并且带回去了一个个美丽的传说故事，而我的灵魂，却留在了那个洁净之地。

就如苏子说的那个词——纯洁。

邂逅背包女孩儿

"如果不曾相见,

人们就不会相恋,

如果不会相恋,

怎会受着相思的熬煎。"

仓央嘉措的情诗,

浮现在我的心上,

背包女孩的爱情变得更加虔诚圣洁。

走吧,

去邂逅一场爱情,

哪怕只是遇见,

也别辜负了一路风景。

给我一片蓝天洁白的想象

我太想去西藏，在我读安妮宝贝的《莲花》时，在我听她写作《莲花》时听的《喜马拉雅》专辑里歌的时候，当越来越多地听到一个叫作"玛吉阿米"的位于八廓街的那家餐厅时，当电影《转山》里，那个叫书豪的年轻男子为了完成已逝哥哥未了的心愿，独自骑行在西藏的时候，当我一度看过许多关于西藏的书的时候，我想，我对于西藏的感觉，早已不再是对一个地方单纯的向往了。

西藏，是离天最近的地方，离神明最近的地方，离自己最近的地方。

那里有中国风景最美的地方，有大自然所赋予的、独一无二的神秘；

那里是藏传佛教的圣地，同时也有多种宗教和谐共存；

那里有长年不化的雪山，那里有世界海拔最高的城市；

那里有三大圣湖，四大神山，有美丽的格桑花，有牦牛，有酥油茶，有糌粑，有青稞酒，冬虫夏草，还有玛尼堆，六字真言，风马经幡，以及善良纯朴简单快乐的藏民们。

总之，那里的风物民俗无一不向世人昭示着藏族人民的智慧和信仰。

而不管是我未去之时，还是我的西藏行终于成行，对于西藏最恰当的总结，是这样一句话：西藏是一个让你的身体下地狱、眼睛上天堂、灵魂回故乡的地方。

是啊，这大概就是西藏，这个对于我来说，于世人来说都太过遥远，因而难以抵达的地方，就会觉得太过神奇，就会有着太多的蛊惑。

很多人去西藏，不是为了艳遇，也不是去会卓玛，也不是为了向谁去炫耀，

更不是为了征服什么，更多的是为了自己。

而我却从来没有想过，有一天，我会在一个我向往至极的地方，与我最好的朋友相遇。

有一条路，你不走出去，就不会知道外面的世界有多大。

因为，我们不害怕后悔，就怕后悔不去，总有一天，等我们年老时，翻开那些记忆，不会都尽是遗憾。

前方，没有你想的那么难，只有你想不到的美，也许，人生，就像去往西藏的路，心里有多恐慌，抵达时的安宁与幸福就有多少。

只有当你静静地坐在高山上，静静地看那雪山一点一点地向你掀开它的真容，你才会觉得所有的艰辛和等待，见证了最美的一刻，也会觉得这一切都是值得的。人生的道路，有千万条，总会有一条适合你，然而那是怎样的一条心路，我还不知道，所以，走出去，那是必须的。都说人的一生必须做三件事：奋不顾身地谈一场恋爱，独自一个人踏上远方的旅行，顽固地坚持某个信念。

这句很经典的话，也都深深地令许多人中了毒，就像成功者总是会留下一些遗憾一样，某些事，表象是荣耀，其实遗憾的只是年轻时没做过一些荒唐的事，那些令自己想想都不可思议、令自我腐败的过程，也是一个让你更新、重新认识自己的过程。

这是娟子给我写的邮件。我在深夜的北京，三十一楼的窗口伏案写作。

直到觉得自己心里的那些词汇几乎被掏空时，停下来吸一口烟。电脑右下角跳出电子邮件的标题和部分内容。然后灭掉。

读完信，我点上一支烟，倚在窗口，给娟子发一条短信：妞儿，我觉得我应该需要休息一下，想去西藏待一阵子。

凌晨四点，没想到她也没睡："待多久。"

"一两个月吧，没想好。"

"来吧，管吃管住。"

"？？？？？！！！！！！"天知道我回过去这一连串问号与感叹号时有多吃惊。我一直以为她离开北京后，在老家悠闲地当着公务员，过着安逸的生活。

我内心的疑问与激动还没平复下来，她的电话便来了，然后不等我反应，已经一口气将整个事情解释清楚了：原本，她以为女孩子做个公务员，有自己稳定的职业，有个带出去十分有面子的帅气男朋友，就等着跟他结婚，安稳地过完余生，却不想在他们相恋五周年的纪念日那天，他的男朋友跟一位富家千金订了婚。

她请了假,想去西藏散心,在西藏遇到了一位我们学校毕业的师兄,便辞了公务员,跟师兄在西藏过起了日子。

这听起来有点像三毛撒哈拉的故事。这也正如娟子的性格,敢作敢为,不顾一切。

坐上了火车去拉萨

"坐上了火车去拉萨,去看那神奇的布达拉。"也许是受到这首歌的影响,拉萨也随之变得饱满而有张力。

我亦决定,坐火车前往,为了保留那种原汁原味,我刻意选了绿皮火车。如我所愿,是靠窗的座位,艰难地挤过过道,把行李放到行李架上,然后坐下。等待的过程完全没有了喜悦,整个车厢充斥着一种难闻的气味,是旁边大爷刚吃完的韭菜馅饺子,然后地上有摊水,大爷用脚踩着一小块卫生纸在地上蹭着,我已无从下脚,但还得忍着过去坐下。对面的女孩由于来得晚,已没有地方放行李箱了,就放在了餐桌底下,原本就伸不开腿的位置,现在更是得半屈着膝盖了。

自从有了动车之后,我就再没坐过这种车,之前也没觉得动车怎么好,还觉得花那么多钱真不值当,现在一对比,突然感觉还是有道理的。

列车开起来,看着沿途的风景,我的心情渐渐好转,穿过山洞,越过山川,我在心里默默哼着歌,就像在载着梦想一样,感觉很快就要飞在高原上了。

此刻的美景,是绿皮火车独有的,这次的选择还是有意义的。

不知什么时候起,我越来越爱干净,有时候都快有洁癖了,那是因为,拼搏,是为了想拥有一个更洁净的世界。

到达的那天,娟子和她老公来接我。娟子提议说去住八朗学。于是,她老公

在路上，邂逅最好的爱恋

拎着行李箱快步走向车子，而我则挎着她，慢慢地走。

路上，娟子说："跟我像以前那样聊天吧。当我老公不存在。"

我们三个人都笑了。然后，我们便真的当她老公不存在，讲了很多有关我们同学的八卦。

娟子跟我讲我们将要去的这家旅馆，有来自世界各地不同肤色的游客，虽然空间狭小，却别有一番自在。

她来西藏的时候，也是住的这家。

对于许多旅行者来说，拉萨，除了湛蓝的天空、澄净的拉萨河以及红白相间的喇嘛庙之外，还有他们喜欢的散布于拉萨城中的藏式小旅馆。

八朗学的门脸不大，隐藏在街上花花绿绿的各类店铺之中。而印有中、藏、英三文的旅馆招牌十分特别。

在我看着招牌发呆的时候，娟子捅捅我，说："小文青，咱们今天可以在这里尽情享受哦，中西结合，绝对让你不想走。这里既可以喝到地道的酥油茶，也能品尝到醇正的爱尔兰咖啡。你不是最喜欢咖啡吗？"

看着她开心的样子，我心里的那份情绪也渐渐消散了。我瞪她一眼："你才小文青呢！"

她不理我的愤怒，径自给我介绍起了这里：八朗学在拉萨的藏式小旅馆里，算是小有名气的。作为拉萨第一家藏式小旅馆，八朗学是中国唯一一家获得世界旅游组织评选的全球十佳山地旅馆荣誉的旅馆。

八朗学的魅力远远不是因为价格便宜。如果你住在这里，会发现它的许多特别之处。院子里，有个告示栏，上面贴满留言条，内容包括租车、转让行李、征寻旅伴等五花八门。

在八朗学狭小、简单的空间里，人们似乎变得更容易相处。来自世界各地的人们彼此交流着旅行途中的快乐与辛苦，不同的文化背景，在这里相互碰撞后变得随意、自然和亲切。来自四川的背包客张先生最初来拉萨时，渴望的是一种冒险的激情与刺激。可当他走进八朗学成为这里的一员时，感悟更多的是那种平和的生活方式。

当晚，我旅途劳顿，便一夜无话。

只是，在半梦半醒之间，西藏之行，更加灿烂起来。

西藏里的小江南

第二天，起了个大早，简单洗漱，吃了她老公早已买好的奶渣点心，便往林芝去了。

娟子说，林芝是西藏的江南。

随着海拔高度的降低，沿途的山慢慢从荒芜变得绿树葱茏。

一路走走停停照照，我们下午四点左右才到达林芝。

距离早上吃早餐，已经过去七八个小时了，于是，我们在路边的一家陕西面馆里，点了不同口味的面。

而我和娟子都觉得彼此的面好吃，我们两人在对方的碗里一阵狠捞。直到后来，他老公也加入。

吃完饭，我们便参观了那里的巨柏林。漫山的柏树，我们三个人手拉手竟然无法环抱整棵树。除了巨大的柏树，还有好多好多不知名的绿树、藤萝、灌木。绿草满坡，小溪潺潺，空气清新。

终于，娟子大声问我："你现在能理解我为什么不离开这里了吧？"

我笑着点头。在巨柏林里呼吸完原始森林里新鲜的空气后，我们在娟子老公轻车熟路的带领下，找到了一家店吃晚餐。

热腾腾的酥肉火锅，几块肉下肚，我便按着肚子，露出了满意的神色。餐后，他们又带着意犹未尽的我去了隔壁的小茶馆，继续喝酒、喝酥油茶。在一片

静谧中聊天。

吃饱喝足之后,我们继续上路。

直到我和娟子沉沉地睡去,她老公一个人在满车的安静之中,安全地驶到了他家。

到娟子家的第二天,她老公上班。能请出两天假来陪妻子接好朋友已经是十分不易了。

我本想着,接下来便安心在她家吧。可是,娟子却挠醒我,说带我出去玩。

我迷迷糊糊中醒来,撇了一下嘴:"你精力真充沛啊。"

她笑着撒娇道:"巴松错。等某个人回来了,我恐怕就不能那么自由地陪你玩喽。"

我于是答应。

去往林芝巴松错的路上，换我开车，她指路。

据说巴松错的湖水会变色，冬天是天蓝色，夏天是碧绿的。

清晨，一路的景色极美。蓝天、白云，把近处的青山、远处的雪山，映衬得错落有致，极有层次。白云如雾似的盘桓在青山腰间，往上看，蓝天白云间显露出圣洁的雪山峰顶。

路边是奔腾的雅鲁藏布江，其中一段，两岸狭峙，江水湍急，一个小小的白塔伫立在一边的高岸上，条条经幡跨过河谷在上空飘摇。

恍惚中，我以为我来到了雅鲁藏布江大峡谷。

一路上，我和娟子说说笑笑，不知不觉间，巴松错就在眼前了。

湖水碧绿，小岛葱郁。

我们把车停好，便一头扎进这片世外桃源里。

让人惊讶的是，小岛与岸上的唯一纽带，是靠人手拉牵引绳的竹筏子。

这种感觉，有点像沈从文《边城》里写过的情景。翠翠的爷爷，便是靠做摆渡来营生的。

这座漂浮在湖水上的岛，便是扎西岛，传说这是个"空心岛"。

娟子说，巴松措是藏传佛教宁玛派（红教）的一处著名神湖和圣地。而扎西岛上有座唐代的建筑"措宗工巴寺"，距今差不多1500多年的历史，是西藏有名的红教宁玛派寺庙。

最为奇特的是寺的南面有一株桃树和松树的连理树，好似在与这金童玉女做着天人合一的呼应。春天桃花开的时候，艳丽冶桃花与鲜翠的青松相互映衬，美到无法用言语形容。

我"啊"了一声，从手机中找出她曾经发给我的照片，一树桃花带着欲滴的艳红，霸占着大半个画面，而虚化的背景能隐约看出满目的绿色。

"是这里吗？"我把手机递给她。

"是。"她愉快地点头。

我们通过水上栈道走上小岛，岛虽不大，却丘峦耸峙，人置身于其中，大有峰回路转之感，时而还能体会到"柳暗花明又一村"的感觉，真是一步一景。

碧空如洗，绿波轻涟，蓝天白云与这碧水绿树交相辉映。

五脏六腑似乎都在被这纯净无尘的天地之气荡涤漂洗，然后出浴一个新的灵魂……

眼看着太阳西斜了，我们才恋恋不舍地回来。

在这个被誉为西藏小江南的林芝，在娟子的家里，再加上她的陪伴，北京的一切，似乎就这样被我远远地抛在了脑后。

心中的布拉达

与娟子相伴的日子，似乎过得格外悠长安宁。

不知不觉，在林芝的时间已过去了半月有余。

正好赶上娟子老公休假，我想给他们夫妻腾出一些私人空间，于是，我执意一个人去布达拉宫。

出租车司机很健谈，又会说汉文，于是，一路上，便跟我聊了很多关于西藏当地的风土人情，当然，还有布达拉宫。

他说如今想去布达拉宫真的是一票难求，大多都被旅行社以团体的方式购走了，像我这样的散客必须得起个大早去排队。

这对于我而言，的确有点困难。正在我沮丧之际，司机说，没关系，我帮你搞票。你先去大小昭寺玩一天，明天，保证让你玩上布达拉宫。

于是，我打车的目的地，变成了大昭寺。

到目的地之后，与司机师傅交换了联系方式。下车，便看到这座建在翠湖之上，所有佛教徒心中最神圣的大昭寺。

猎猎经幡在风中舞动，袅袅佛音丝丝入耳，我的心，又是另外一种宁静。

站在正门外，浓浓的酥油香味扑面而来，两个大大的香炉里烟雾缭绕，那浓浓的桑烟悠悠直上，天空一片灰白。映入眼帘的还有好多藏民背着香袋，不时地向香炉里撒着桑叶、松枝。

在大门前，虔诚的朝圣者行着磕头礼。再看那门前一块块光滑的石板，想来，都是这些虔诚的朝圣者在跪拜时磨出来的。

进得寺院，天井里挤满了正在擦洗酥油灯碗的藏民，一个个灯盏在他们面前堆成了小山，有的在往盏里添加酥油，并逐一地用香点燃，他们的一举一动都透着细致和耐心。

随着手持酥油灯的藏民，加入了朝圣的人群里，进入了大殿。

据说这里供奉的是文成公主进藏时带的佛祖释迦牟尼12岁等身如意宝塑像，因由佛祖亲自主持开光加持，因此无比珍贵。

然而，如此令人向往的神圣之地，却不是那种让人不可企及的宽敞与豪华，而是透着亲切的那些藏民，无一不用手抚摸他们能够触摸到的一切，那殿内的方形柱子，早已没了原来的棱角，变得光滑黑亮；抚摸而外，他们虔诚地膜拜每一尊佛像；用身体去触摸，他们去亲近那充满慈悲的净土，这样与心目中通灵万物的神佛更加地接近。

出得大昭寺，走了不远，便来到小昭寺。

小昭寺里供奉的是佛祖八岁等身佛，是尼泊尔尺尊公主的嫁妆。

与大昭寺相比，这里的游人相对少了很多。

而在一个不被旅游团队选为常规景点的寺院，是另一种更加靠近神明的方式。

进到售票处，看见房间里摆满了各种颜色的瓶子，问得一位会说汉话的僧人，才知这叫宝瓶，可以请回去放在家里以求健康平安。

我跟着藏人一起默默地围着佛祖绕过一圈又一圈。走到佛像的侧面时，还可以登上台阶，完全零距离地亲近佛祖。我学着藏人一样，用头贴着佛祖的莲花宝座，双手轻轻地贴在佛祖华丽的锦衣上，心中默默祈愿。

我有好多好多的愿望，你会怪我太贪心吗？我希望家人平安健康，希望娟子能一直这么幸福下去，希望我以后的生活能够富足……我希望所有爱我的人和我爱的人都幸福。你能听见吗？

爬上小昭寺的金顶，空无一人。

我独自坐在金光耀眼的法轮下面，阳光洒满整座寺庙，远处可以看见布达拉、雪山，近处可以看见喧嚣街市与往来于其间的藏民。

一切都那样圆满并欢喜。

在我将去布达拉宫的事抛诸脑后时，司机师傅居然如约给我打来电话，告诉我有票了，第二天在布达拉门口给我。

抵达布达拉宫，同网上广为流传的布达拉宫的照片一样，甚至更震撼。它真的是盘踞在那里，早已同它依附的红山山体有机融合。宫宇叠砌，迂回曲折。

让人未曾置身其中，便已感受到无与伦比的庄严。

拾级而上，经过四道曲折的石铺斜坡路，我来到了东大门。上面绘有四大金刚的巨幅壁画。

画上的金刚怒目圆睁，威风凛凛，那双眼睛使人觉得有能洞察世间一切真、善、美的神力。穿过东大门，北壁画廊上有一幅画，虽是经过了千百年风霜雨雪的洗礼，却仍然栩栩如生地向世人们讲述着文成公主进藏的故事和抵达拉萨时的盛大场面。

之后，我随着人流浏览了一间宫殿，游览了最高宫殿萨松郎杰。最后还去了十三世达赖的灵前默默跪拜。

直至晌午，太阳很烈了，该吃点东西了，便走出了布达拉宫。

特色一条街

一天半的朝圣之旅画上句号。

或许是寺庙里太过庄严与肃穆，或许是我心里太过紧张，从走出布达拉宫的那一刻起，我的心里，确切地说是肚子里泛出源源不断的乏意。

不是困，是乏。

发短信给娟子，她说，你是神经太紧张了。你应该去几个地儿：美食一条街、商场一条街、服饰一条街。逛完这些差不多就应该入夜了，便在八廓街逛逛后直接住在那里。八廓街上到处都是小旅馆，哪怕逛到凌晨，你都不用担心会露宿街头。

我回：OK。

这么多街，我恐怕得走马灯似的逛了。

先是来到特色食店一条街：德吉路，犒劳一下我快要瘪掉的胃袋。这条长不过1000米的路段集中了近百家特色食店。酸、辣、淡、咸各种口味均可找到，各大菜系在这里也都能吃到。在"清花饺子馆"里，一气点了二斤各种口味的饺子，店家看我这么瘦却这么能吃，连着确认了三次："没有问题吧？"直到第三次，我说："当然啦，我饿坏了。"当然，我没有能够把饺子都吃完，我从来都是眼大肚皮小。街上还有"西部人家"的面，"草原人家"的羊杂碎，"潭鱼头"的川菜以及"金来顺"的京味吃食。

吃好喝好，我又来到商场一条街，走马灯似的花了一小时逛完。所谓的商城一条街，是从朵森格路口到康昂东路口长约500米的北京路段。从东到西，新华商城、赛康百货、云龙商场、拉百购物广场云集。而于2002年被辟为步行街的宇拓路集中了拉萨百货大楼、金谷商场、国贸等三大商厦。两街毗邻，形成了一个长500米、宽100米的矩形购物区。

接下来便是服饰一条街:朵森格路。七八十家的服饰店,逛到后来,我走进店里就想找个凳子坐下。娟子早就说过,这条街不过短短10年的历史,但发展却相当快。没有哪座城市愿意为衣服花钱胜过拉萨人。所以,最早在这里经营服饰的人赚足了腰包。所以,服饰店的数量迅速膨胀,引得朵森格路的"门面"顿时成了"洛阳纸贵"。遗憾的是,当北京路的品牌专卖店越开越多时,朵森格路的服饰一条街渐渐失去往日的热闹。不过,在这里还是偶尔能淘到物美价廉的服饰。

告别朵森格路,我来到当天旅途的终点:八廓街。

走在大理石打磨而成的石块铺就的街道上,一种悠悠的古城气息迎面而来。街道两旁店铺林立。除本地老户以外,还有一些定居拉萨十几代的穆斯林和尼泊尔侨民,经营大小各异的转经筒、藏袍、藏刀、生动拙朴的宗教器具等各式日用

品，还有从印度和尼泊尔远道而来的各种商品。

流连在店铺里各式各样琳琅满目的商品时，因为太投入，时间流逝得飞快。

转眼间，夜已深了。八廓街依旧繁华。

然后，我选择邂逅于那家叫作"玛吉阿米"的酒馆。

八廓街两侧的建筑大都是白色的，只有八廓街东南角与东孜路交会的地方，有一栋涂满黄色颜料的两层小楼。当然，因为是晚上，我对于这里与周遭环境颜色的差异并没有多大注意。据说，这里就是著名的六世达赖喇嘛仓央嘉措的密宫。他曾在此地写下著名的《在那东方的山顶上》，"在那东方高高的山顶上，升起一轮皎洁的月亮，未嫁娇娘的面容，时时浮现在我的眼前"。

"未嫁娇娘"在藏语中便是"玛吉阿米"。

光阴变迁。现在，仓央嘉措在人们的心目中与其说是活佛，不如说是诗人。而他当年的密宫，现在已成为一个非常具有艺术品位的酒吧。来自世界各地的游客都是闻名而来。

走进酒馆，我便为它扑面而来的艺术气息所吸引：墙壁四周贴满了绘画，摄影，手工艺品，书架上有卡夫卡、里尔克、艾略特等人的原版图书，在这里，读书的同时还可以享受悠远的民间音乐。

点了两份西点，一杯鸡尾酒，直到午夜，才离开玛吉阿米。

格日尼院的刹那禅意

从八廓街的旅馆醒来，太阳透过窗户斜切在房间的墙上。

天气很好，永远的蓝天白云。

于是，便决定去城郊，顺便看看那里的尼姑院，再吃吃名驰整个藏区的现酿奶。

许久以前，以为在藏区只要提到喇嘛，总以为是男人。其实也有女子受戒后穿上绛红色喇嘛天衣皈依佛祖的。我将要去的这座格日尼院便是一个纯粹的藏传佛教"尼姑庵"。

我想雇打电话帮我买布达拉宫门票的司机送我，我对此并不抱太大希望，却不想热情好客的他竟然一口答应了。

去格日尼院的路并不好走，沿着娘热沟方向爬上土路，经过一个村子后再无正式的路面，只得沿着轮胎印迹辨认前行，那都是去格日尼院的车留下的。没有树、没有草的石头山上再无任何建筑，格日尼院是这里唯一的风景。

我问司机，这里没有水，又这么高，她们如何解决水的问题。他正要回答，我突然在前方看见有一股晶莹透亮的水柱从地下涌出。我惊讶于这水柱从何而来的同时也明白，天地之间的任何事物自有它存在的规律，它的出现或消失，它的兴盛或衰落，它的惊艳或阴暗，都是注定的。不能自我，不能定义，不能永生。

格日尼院正在扩建，但看上去工程进行得极为缓慢。一些沙石和木料堆放在院落里，几个工人慢悠悠地劳作，显得闲散，并不赶工。我们继续往里走，司机指着一幢二层高的黄色金顶寺庙说，这是主寺，你进去看看吧。

我想叫他一起去，他却摇头。我不好勉强，他答应送我到这里，已属好意。

寺院门前摆满了许多僧鞋，帘子后传来整齐的诵经声。我掀开帘子看见大殿里坐满了女喇嘛，她们见我进来都友好地点头微笑，然后继续念诵经文。我报以微笑，轻轻绕过她们去拜佛。一位女喇嘛一边诵经，一边打着手势要我进入里面的殿堂参观。当我踏进里面的殿堂时，外面的诵经声穿透墙体，在后殿产生共鸣。那深邃的声音震动着我，似乎是从眼前佛祖的身上传来的梵音。酥油灯跳动的火苗散发出耀眼的光亮。阳光透过窗户洒在我身上，我看见光线中充满烟幕，充满灰粒，充满温暖。梵音不绝，却期盼仍在。

走出大殿，看见司机朋友坐在矮墙上晒太阳。几只小狗在他身边来回转悠。多么和谐的画面。于是，我悄悄地走过去坐在他前面给狗狗们拍照。

进到寺里的厨房，厨房里两位女喇嘛正在吃饭。她们叫人拿来两副碗筷，示意我们一起吃。我们摆手说已吃过午饭。她们又叫人拿来两个杯子，从暖瓶里倒了热腾腾的酥油茶端给我们。我们与她们坐在一张桌子前，她们吃饭，我们喝茶。偶尔四目相对，于是就温情地笑笑。有时她们盯着我看，弄得我有些不好意思，只好抬起杯子低头假装喝茶。

在回去的路上，我突然想起，我居然忘了尝尝这里声名远播的酸奶了。

从格日尼院回来，司机带我去拉萨河边，我们沿着拉萨河开了很久，直到前方已没有了路，我便叫他把车停在路边，我打算下到河里去捡石头。这是我旅游多年来一直保持的一个习惯。只要是到了山水间，一定要去拾些依附着此山此水灵魂的石头回来。虽说装在包里沉重无比，却欣喜我小小的房间里充斥着山野溪涧的灵秀。

我时常听见这些石头在深夜幻

化成灵精，唱起空灵的音符，成为我梦境的一部分。

我下车后独自一人走向水边，在河水里寻找想要带走的石头。一路上埋着头弓着腰，不停地找，不停地扔，不停地换。

突然间，一个闪念划过脑海：这就是我的贪欲吗？

在这满地的石头中间，我面对无数可能的选择，可却总是不能确定什么才是最想要的。于是，便会认为前方还有更好的。哪怕为了得到未来的不可知，也不惜要用痛彻心扉的冰冷来换取。

我越走越远，越找就越找不到最想要的。

直到司机打我手机，回头看他时，才发现，我已经走了很远，却两手空空。

这才知道，或许，命运是想借今天的这趟旅程，告诉我，人当不问已失去，而要学会珍惜已拥有。

日喀则残缺的温柔

去日喀则之前，我对它的印象，想当然的印象，是一个温和、亲切、人间烟火浓重到可爱的地方；日喀则，该是座热闹拥挤的城市，像我们熟悉的内地随处可见的某个城镇，前往日喀则的旅程也该是炊烟袅袅、人群熙攘的吧。这个印象从何而来我并不清楚，也许来自韩红的"家乡"吧。

去日喀则的车子载着我们行出拉萨地区，向更西的地方开去的时候，我感到以前的印象可能要错了。高原上，城市以外的路多为原始的匝道，是被车轮碾出、被人畜踩出的路，去后藏的路更是如此，绝没有平原上等级公路的速度。

车子开得谨慎、小心翼翼，我们的心就随它抑扬起伏，跌宕有致。埃及有狮身人面像，这沿途的山壁上也由自然的鬼斧神工造出了巨大的土像：竟然有狮身人面像的形状！原来日喀则掌握着比拉萨高大、比林芝荒芜许多的山，车子得贴着山边走，一不小心就会碰上伸出的山石，而抬头望去更让人恐怖，因为头顶的山上悬挂着无数大大小小的石块，仿佛达摩克利斯的剑，随时都会掉落。

车子的另一边就是河谷，宽敞却不能行路。白垩纪、石灰纪，还是什么纪，竟然在我的脑海中浮现了恐龙出没的史前，只有那大型的动物和那卓绝的年代，也许才配得上日喀则的高山。

日喀则，意为"年楚河的下游"，很有些鱼米的烟火味道，却与这些山的粗粝宏大，构成了巨大的张力。我的心原来太小了，拥有珠峰的日喀则，气势上怎么会小家子？写高原的山本没有新意，但是这条路上的山，却有着咀嚼不完的韵味。

为什么造物主要留一块原初的地在这里？我的脑海中集体无意识的深层次的史前记忆被激活了，已经走入了时空隧道，前往那个未知却又早就知晓的世界。

在这不平坦的路上颠簸行进，在高山遮住的日影里滚滚向前，前方是千万年守护高原的山，宁静、深远、突兀的山峦，那些山峦似乎对游人并不亲切，它们只顾傲然地挺立，以一种无声的磅礴姿势，让我不敢肆无忌惮地说话——可以说让我安静到崩溃、折腰。

向前向后望去，偌大的山谷高地上，只有我们这一辆车执着地向前行驶着，偶尔有只鸟在头顶飞过，飞上远处的山中去。突然间有种感觉：人在江湖——是的，人在江湖——它们的味道是大江东去，是惊涛拍岸，是辛弃疾的沙场秋点兵，是沧海一声笑。

走过的路基本上是荒凉无人的自然界，要过很久才能到达某个小村庄，停下来方便或就餐，或者让某个乘客下车，看他或她走向山旁的若干间小屋组成的村落里，不知哪间是家，不知以何为生。不过，这样的停驻，可以看到烟火，看到人顽强的痕迹，即使只是一只羊，一个放牧的孩子——而看到孩子那双烟火熏染下依然明亮的黑眼睛，你的感觉是心惊与心痛的交织，只要你不是猎奇的、以这样的游历作为日后吹嘘资本的"伪游客"，你就会心痛——因为这不是田园牧歌般的浪漫生活，这是较为落后的生产力，这是尚未具备充分生活保障和舒适设施的农牧民的生活，而那个睁大眼睛一直凝视着我们的孩子，此时也许该坐在城市明亮的课堂，用电脑畅游这花花世界。

这样的江湖、这样的人间，在去日喀则的路上，不可避免地体会到了。日喀则，不是个烟火袅袅的地方吧。进入日喀则市后，我们仿佛是从山间走入了人间。这里，果然是个温和、亲切、人间烟火浓重得可爱的地方，是个热闹的城镇。因为受上海和山东的援建，所以以山东或上海为名的道路随处可见。如果不抬头，只凭着眼睛打量这座小城，你还以为是在山东或上海的某个镇上呢。街道上卖什么的都有，专卖店、饮食店、服装店一间挨一间，有些很大的超市，比不上内地的人声鼎沸却也提供着莫大的便利。很多藏族或内地去讨生活的姑娘，做着服装或饰物的生意，把自己打扮得很时髦，同时还把这座城市经营得红红火火。

沉醉在日喀则火红的生活中，几乎将这一路过来要朝拜的目的地给忘记——可是怎么会忘呢，只要抬头看到扎什伦布寺那无与伦比的庄严，心中的虔诚马上升腾起来，压住了饮食男女的欲望，再次从物质跃入精神的境界。扎什伦布寺占据了城市西北方向的一大片区域，或者说，日喀则就是为它而建的城吧。

和西藏的很多寺庙一样，扎什伦布寺也以山做背景，尼玛山巍峨耸立，青翠苍茫，气势极宏伟，是真正意义上的"靠山"。西藏高原上的寺庙和山，往往构成统一的风景，却又不像别的景点那样躲着人烟，而是给你融入西藏生活每一天的亲切。是的，既崇高又亲近如邻家，这是藏族宗教的风格。同样亲切的，还有寺庙里的喇嘛，穿着长长的红色喇嘛装，悠闲自在地走着，如果你和他说话，他会很友善地回答。有个坚强的信仰，虔诚地修习磨炼，一步步地向它接近，这也是幸福啊，更何况是这样一个夏日的傍晚，太阳将光芒温柔地洒在山上，洒在庙宇之上，洒在他们大红色的衣襟上。你见了这样的生活，也许会同意，世界原本是没有中心的，没有绝对正确或唯一的生活方式和价值观念，那种一直被奉为经典、一直被我们无条件地、不加批判地服从与追求的生活——读书、进大学、找好工作、结婚、生子。这究竟是不是存在的唯一道路？

扎什伦布寺的前面，是阔大的扎什文化广场，政府刚刚将它修建好，与内地城市里的市民广场一样，为市民提供茶余饭后、节假日的休闲娱乐。白茫茫广场真干净——广场是那么崭新，崭新得我舍不得走上前去。日落时分，有三三两两的日喀则人，过来散步休息，游人也一如既往的多。永久与暂时，在西藏实在是让人迷惑的概念。城市属于谁？永久生活在这里的居民吗？还是暂时来此，却往往在数量上超过本土居民的人们？那些热爱着这片土地，爱上它甚至不想回家的人？

日喀则辉煌日落的傍晚，宁静夏日的一天，金色的扎寺安详地注视着这片空地，你可以想象有个让你心驰神往的人，只凭一支画笔，或一架照相机，就摄走了你的魂魄，于是丢下了百米外的红尘，跟他一起走进天涯。宇宙不会停止转动，时间长河里的我们也许只是一滴水珠——可是高原啊，可是日喀则的傍晚，我宁愿放弃了为人的快乐，做一滴蒸发后拥入你怀里的水珠。

为什么在日喀则的这个傍晚，会到达一个让我忘却生死又时刻惦记着生死的境界呢？进入它让我感觉想痛哭，因为感到无力逃脱，有多少责任要做，有多少繁华要经过。进入它也是幸福的，因为摆脱了俗务的纠缠，来到这个仙家之地，得到片刻自由，让心在高原翱翔，这本身已经是天样幸福。

这样想的时候，我的心是温暖而安全的，这种感觉很多年一直在寻觅却一直没有找到。所以说，西藏虽然遥远，却给人一种根的感觉，而这种感觉是出生之前就存在于心中的，只不过成人以后，它被俗世遮盖掩埋了，直到来到高原才重新找回。应该说，找得很艰苦，找得泪流满面，不过还好，我终于找到了。

然后就有信心和勇气再回人间去，再坚强地生存下去，不管还要走多远的路途，不管还要遭遇多少坎坷，不管能不能得到自己想要的结果。这是我的脱俗与媚俗，人类生存的困境，西藏亦无法完全解开，它也有它苦——但是，让我在你

在路上，邂逅最好的爱恋

的臂弯中获得片刻的休憩,让我在你的胸怀中获得一直无法得到的安眠吧。

13

艰险路上
才能遇真情

墨脱似乎是最与艳遇搭不上界的地方,

走墨脱的路那么难,

那么远,

走墨脱的女孩那么少,

可是,

你知道,

在这样艰险的路上,

遇上了就是遇上了——生死与共的旅途,

彼此分担的脆弱,

至少在当时,

你们是最亲密的人。

穿越生死才能抵达的洁净

离开拉萨的最后一天,在八廓街的旅馆,是跟一个背包女孩同住的。

她叫夏米,四川人。热爱旅游,却对骑行没有什么兴趣。而对于她的男朋友来说,骑行入藏,早已是家常便饭了。

本来这没有什么,两个谈恋爱的人之间,不一定要有非常一致的爱好。他骑他的川藏线,她背她的包去丽江、大理、苏州、三亚。他们相互尊重对方的爱好。

可谁知,男友却在骑行的同伴中,认识了另一个女孩,男友叫那个女孩"同道中人",二人在骑行的过程中日久生情。

所以说,她对西藏是又爱又恨的。

爱的是这座城市,是她一直想去旅行的地方。

恨的是抵达的这段路,葬送了他们的爱情。

所以,她自己来西藏,想通过自己的旅行,为他们的爱情画上句号。

一个晚上,也许是同道中人的原因,我们越聊越兴奋。

而就在第二天,我就要去机场,往林芝去时,却在旅馆的贴士里,发现了一个小告示:诚寻同伴,前往墨脱。看落款是三个男孩子:石雨,来自上海;倪双,来自上海;张晨光,来自山东。

夏米本来是要送我出八廓街的,却站在那个小告示面前许久。我回望她,大概已猜出了她心里想什么。

她发现我正盯着她,便问我:"你看过《莲花》吗?"

"当然。"

"那你一定知道墨脱喽?"

"嗯。"

"那你想去吗?"

"没想过。"我用安妮宝贝《莲花》里的一句话回她,"路途艰难,不要上路。"

"哈哈。"她笑了。

我也笑,她却站在那不动。

她紧紧地咬着嘴唇,攥着拳头,这大概是她纠结的方式吧。许久,她从包里掏出手机,拨了贴士上的电话,然后,这才向我走来。

送我到街口时,我往机场去,她仍然在打电话。

我知道,夏米,这个我在八廓街的旅馆里邂逅的四川女孩,她是想去墨脱的。

直到机场,我的脑海里都盘旋着夏米那通电话的内容。

要不,我也跟她去墨脱?

跳出这个念头的时候,我出了一身冷汗。然后,连忙摇头。

不想这时,夏米却给我发来了一条短信:我已经约好与他们一起去墨脱了,时间就定在8月半,也就是说还有十天的时间。你……要一起吗?

我觉得,那一刻我心里复杂得快要得焦虑症了。

墨脱真的很美,从各色的文学作品中、游记中,我都了解过。

可是那条路,真的太艰难。

我回:我想我是胆小鬼。

她没有再回。我关了手机,长舒一口气,登机了。

这样也好,夏米要是再执着地劝我一回,我想我就要答应了。

不想,刚下飞机,开了手机,便看到夏米的短信:走吧,等墨脱日后通了公路,你可要后悔哟。

等到当天晚饭时，夏米的第三条短信发来时，我的心理防线已经崩溃了。

我回：好吧，不过，你们要把我安全地带回来。

夏米回：没有问题。

从派镇到拉格

我们在林芝会合后，借了同事的一辆小面包到派外镇，全程一百六十多里地。

在派镇短暂停驻一晚后，我们五个人开始旅程。

第一程是从派镇到拉格，其实，最严峻的考验是攀越海拔四千多米的多雄拉山。

我和倪双的反应比较严重。

其实，我已经来西藏快两个月了，只在刚开始的时候有微微的不适，基本上没有太严重的高反，但今天却分外严重。

可能是因为一直在上山，体力消耗太过严重的原因，脑袋里极度缺氧，感觉呼吸困难。眼睛慢慢地有点睁不开，但意识十分清醒，我想说，我好难受。

这种感觉，就像喝多了酒，意识很清醒，身体却不听使唤似的。

倪双比我好不到哪里。夏米个头最小，却最精神，她一直在前面叫我，叫得我心烦意乱，我根本没办法追上她，于是大吼道："你自己先走嘛！"她却一点也不生气，笑嘻嘻地说："我可是答应了你，要把你安全带回去的，你休想离开我的视线。"那一刻，我全部的力气都用在对她吼上了，连哭都哭不出来，只是心里清楚地知道，这个在拉萨与我萍水相逢的女生，将是我值得珍惜的好朋友。

来之前，娟子千叮咛万嘱咐，一定要在中午十二点之前翻过多雄拉山。否则天气很快就会变，就会很危险。

所以，我一刻也不敢停，支撑着，爬完了上山的路。

下山的路就好很多。高反结束啦，身体轻便了很多，人也精神了。

我竟然在几个人中跑到了最前边。

再回过头时，发现石雨脸色特别难看。我们轮流搀扶着他，继续前行。要强的石雨拒绝停下来，一直撑着往前走。

这时，天竟然下起了大雨。

一直埋头走路，话并不多的张晨光破天荒地吼了一句："靠！"

反而把我们逗乐了。

我们拿出雨衣穿上继续前行。

雨越下越大。我们在大雨中穿过了几重瀑布，在瀑布中穿行，还是我人生第一次。

其中一个瀑布非常大，很宽的水帘，至少有十多米吧，有点像孙悟空的水帘洞。水特别大，就在我们犹豫间，雨越下越大，渐渐形成了山洪。我们没有办法过去，只好下去找路，想从山底穿过再上来，但山太高，不可行，这样走只怕今晚都过不去，到了晚上，温度下降，只怕很难预料会有什么事发生。

这时候，看似瘦弱的倪双果断决定，让我们把山腰处那两块突起的大石头作为突破口。

于是，由倪双带头，我和夏米两个女生夹在中间，石雨与张晨光断后，一点点往下去山腰处那块稍微窄的地方。

张晨光跳到中间的那块大石头上趴在上面，把大家一个一个拉了过去。

我们刚被拉过去，便又要蹚水，这时我才真正体会到，这才叫跋山涉水啊。

我下了及腰深的水，一阵刺骨的冰冷像电流一般穿透全身。好在大家都平安过去了。

过去之后，我抬起隐隐作痛的双手，发现手已经成了青色，我感觉到自己的脸也在变成青色，我控制不住全身都在打抖，下半身已经没了知觉。

那一刻，心里真的生出无法形容的绝望。

路途艰难，我们这帮人，能平安地抵达墨脱吗？现在正值墨脱的雨季。洪水、泥石流，随时会发生。

那一刻，我从未感觉到死亡离我们那么近，它正张着血盆大口，等待着每一个在路上失足的人。

夏米和其他男孩，走过来，一层一层把我抱住。

石雨递给了我一罐红牛。喝下之后，渐渐有了知觉，人也不似先前悲观了。

然后，我们就在硌人的石块中，一点点往前走。

下午将近七点，倾盆大雨中，我们抵达拉格，看到泥泞中的两排简陋木屋，我们五个人欢呼雀跃。

这时候的木屋，可比五星级宾馆更让我们兴奋。

于是，打了两盆热水，简单地擦一下身体，换下湿透的衣服和鞋子，围着火炉而坐，此时真的感觉这是莫大的幸福。

雨一直没停。

听说明天的路上水很深，已到了腰间，而且汗密过去还有一处塌方，只怕这次是进不去了。所以决定明天留在拉格，看看情况再决定是继续前进还是返回，无论是前行还是后退，都是很痛苦的一件事。

现在双腿抽筋，手背青肿，很狼狈，心情也不好。

今天一天都在拉格休整，睡觉、吃饭、烤火、听音乐、闲聊，悠闲得很，让我没有想到的是，原来走墨脱也可以如此悠闲。

傍晚时，又来了同样全身湿透的三男一女，狼狈程度相当，真是患难与共啊。

后来又来了一个民工，他与我们反向，从汗密而来，他说虽然水不深，安全起见还是缓缓再进。

于是，我们五个，连同那三男一女，便一起在木屋里休整了两天。

拉格—汗密—背崩

在拉格的小木屋休整了两天之后,我们壮大成九个人的队伍,开始再次上路了。

哦,不,不叫上路。

因为去往墨脱根本就没有路,或者那根本就不叫路:硕大的石子儿,踩上去脚钻心地痛。

我一路咬着嘴唇,甚至都咬出血了,脚上的疼仍然没有缓解。

我们在小木屋里邂逅的四位中的那个女生更夸张,每走一步,都会大喊:好疼啊!然后他男朋友,也没有办法为自己的女朋友做什么,只好任由她叫。

进汗密的路更泥泞,有时候抬起脚半天都找不到下脚的地方,只有硬着头皮踩下去,脚不见了,再用力拔出来。

抵达汗密时,我们毫不犹豫地走进了一家旅馆。

旅馆老板说,不洗澡的人不能住他的旅馆,于是,我们理所当然美美地洗了澡,那种美滋滋,就像小时候第一次从石板床换成席梦思一样开心。

在旅馆里饱睡一觉之后,第二天中午才出发。因为我们不打算一天就走到背崩,而是取一号桥中道休息。步行十八公里后,我们到达一号桥。

早上又是睡懒觉,11:30才出发,因为我们三人计划好今天不到背崩,到一号桥就住下。

离开汗密不远,眼前就开始出现密密的竹林,也许昨天回来得晚了,没有留意四周景色的变化,这时才发现身边都已是一派热带雨林的景象了:竹林、芭蕉和各种叫不出名字的阔叶植物热闹地拥挤在小径两旁,我捡了一根竹枝做拐杖,支撑着我一瘸一拐地向前走。

与曾经的相比,一号桥的住宿条件那就是差得不可形容了,在恶劣环境下对

休息环境没有要求的我们,都深深地觉得很差。

事实上,那里就是一个山里的小木屋,由当地的男孩子守着,木屋里就一个大炕,反正不管你炕上睡几个人,怎么睡,统统不管,只要15元/人就好。

看着那油腻腻的被子,我眉头紧锁。

夏米看出了我的犹豫,便用胳膊肘碰我一下说,在我耳边悄悄地说:"唉,咱们连野地都爬了,还怕这点儿脏吗?"

也对哈,被子上的脏,比野地里的脏要好许多吧。

这么一想,我便豁然开朗了。

没有电,没有水,只有几个油壶,装了下面提上来的河水,简单地冲冲了脚上的泥,艰难地把鞋脱下,进行每日必做的功课:烤衣服烘鞋。

这里没有吃的,最后和老板商量了半天,把他家剩下的半个南瓜卖给了我们,夏米就着头灯和炉火把南瓜炒了炒,再就着我包里的三文鱼罐头,晚餐还算过得去。

可能这两天绑腿打得太紧了，脚不仅仅痛，而且肿了。

太累了，我倒头就睡，可是夜里实在是太冷了，我们几次被冻醒。

大家都没有赖床的心了，想着起来赶路会比较暖和吧。于是早早起来便上路了。

九小时后，行走了二十公里，我们抵达背崩。

一路上，脚依然是钻心的疼，且比前几日的疼更甚几分。

尖尖的石头，仿佛就是故意设在那里，考验每一个想去墨脱朝圣的人吧。

这也算是九九八十一难了吧。

在这荒山野岭，只有前进才是唯一的出路，假如拖延再遇上大雨，后果会不堪设想。

除脚疼外，还要面对蚂蟥。黑色的像蚯蚓一样的虫子，看到它们我都起鸡皮疙瘩，更别提被咬了。

路旁的草丛里、树叶上，到处可以见到蚂蟥的身影，路愈加狭窄，两旁的草丛和树木亲热地挨着我，从中穿越想和它们保持距离是不可能的，所以也就无法避免被蚂蟥附身，但是，只要快速前进，并时不时停下来检查身上是否沾染了蚂蟥，就不会受伤害。这种软体动物，吸附在人身上很难被察觉，当人感觉疼痛时它们早已经吸饱了血，成为一条肥胖的大虫了。

这天的路格外漫长，虽然天气湿热，可为了避免蚂蟥的叮咬，更怕留下难看的疤痕，我只能穿得严严实实加裹着紧紧的绑腿，并且披着雨披避免树梢上的蚂蟥对我进行"空袭"。即便如此，也难以避开这些无处不在嗜血如命的软体动物的叮咬。

闷热让人格外疲惫和烦躁，泥泞的路愈来愈难走，翻涌着前人走过的脚印和马蹄印，原始的沼泽无处不在，烂泥中因为常年混合着雨水、树叶、动物尸体和马粪等散发出腐烂的气息，我的脚几乎整天浸泡其中，蝴蝶、蚂蟥、蜂、蛇和那让我毛骨悚然的千足虫。这里是它们的天堂，却是苦行之人的修行地。

　　中午的时候，我们到了一片大的塌方区，巨大的山体坍塌成大大小小的石块，将唯一步行的小径埋没，滑向峡谷底下汹涌的多雄河，听说过很多关于塌方掉落下石块砸死行人的传闻，在这陡峭的滑坡上，山体非常的不稳定，别说泥石流滑坡而下，就是滚落一块石头，也会让你失去重心而掉入峡谷中的大河里面。必须快速通过此地，所幸没有下雨，我们手脚并用侧过身缓慢地爬了过去，不敢有一丝的大意，澎湃的多雄河水在脚下怒吼着一往无前，如果不慎跌落将会葬身江底，尸骨无存。

　　走过塌方，继续向前，不一会儿来到一片高山峡谷边缘，眼前的景象豁然开朗，放眼望去是连绵不断的山岳和峡谷中川流不息的大河，烈阳高照，山风习习，景色美不胜收。这里就是著名的"老虎嘴"，是在悬崖边开凿的一条宽约一米的栈道，C形的石壁上尽是参差不齐突兀的石块，仿佛老虎嘴里尖利的牙齿，石缝中滴落的水珠又像要把你浑身上下舔个干净。老虎嘴长约1公里，是危险而壮丽的一段路途，足以满足你在天险中饱览壮丽美景的愿望，只是眼睛必须时刻留意脚下的路，千万别只顾眼前的美景而忘记了危险。我小心地行走在"老虎嘴里"，右边是深不可测的悬崖，这让我想起华山的"擦耳崖"，只是比之要漫长许多，身边也没有护栏。

过了老虎嘴有一处转角的瀑布，实在太热，我就站在瀑布下的积水处，刚站了一会儿，突然看见水中密密麻麻的小黑点，再细看，全是水蚂蟥，我大叫一声，几乎是跳了出来，头皮发麻，走在前面的大家回过头来，看着我的窘样，哈哈地笑了起来。

我假装生气地叹一口气说："唉，牺牲小我，成全你们，不枉为枯燥的旅途增添点乐趣了。"

下午，我的体力已经殆尽，拖着沉重的身体机械前行，为了赶路我们一般只在路上吃点干粮充饥，上上下下的山路折磨着我的双腿，伤势不断加重，膝盖几乎到了无法弯曲的地步，每一步都是锥心的疼痛，我们的速度开始变得无比缓慢。

终于抵达解放桥，有武警在那里守桥。帅气的武警说，再坚持一下，还有半小时就到背崩了。于是，我长长地舒了一口气。

可最后一段路却分外艰难，大大小小的石块垒积成一条攀岩的小路，溪流顺石缝潺潺流下，异常的光滑难走。我强忍着身体每一次磨损的疼痛，手脚并用地向上攀岩，可上山小路盘旋不已，我心里越是焦急地渴望休息，道路却越是漫长黑暗无止无尽……最后一秒，当我爬上一块大石头，看见了不远处的亮光，我几乎想要大声欢呼出，我们终于到了！这一刻，无法描述自己狂喜的心情，这一刻，我如此热爱那些人间烟火，它们坐落在这罕无人烟的大山里面，如星辰般温暖善良，心想这一定是上天仁慈的安排。

我们跌跌撞撞地朝着那光亮行进，背崩乡已不再是个荒野里的简陋驿站，而是当地原住民的村落，有了比较像样的几个旅店和泥土铺成的小路，背崩最前方有部队驻扎，那灯光便是来自部队大院里，而仅有的几家旅店都已经熄灯关了门。我们敲开了第一家旅舍要求住宿，一个四川女人睡眼蒙眬地迎接了我们，并同意再为我们下些简单的面条充饥。在她生火做饭的时候,我去屋外站立了片刻,此时已是凌晨一点半,深浓夜色中不时传来几句蛙鸣虫声,使得村落格外安静,眼前只有三两座简单的木房和一条寂静的小路,丝毫看不见远处的景物。经过一天的艰苦跋涉,此刻回想起刚才经历过的危险和奇观,我竟然庆幸自己还活着!

朝圣终点

在最终去往墨脱的这一天,真的是十分艰苦。

十四小时,徒步80里地,抵达这个全世界唯一不通公路的县城——墨脱。

早上9:15就出发了,开始的风景真不错,赶着拍了几张田园山村的照片。开始的路况也不错,石头没那么尖了,泥地也没那么湿了,甚至还出现了几小块半干的地面,太让人惊喜。

不过惊喜没有几分钟,进入丛林中,还是和前几天走的路一样艰难。

中间遇到过两拨人,一拨是二男一女三个小孩子,小姑娘一蹦一跳的,背个小花布包,和我们是反方向,从墨脱出来的,他们说说笑笑,很轻松,感觉就像逛公园一样。

我问他们离墨脱还有多久,他们轻松地说:"不远啦,再走五小时就到了。"我听了有点沮丧,然后夏米回过头来说:"这时候,最明智的做法是,不问前路几何,只管埋头即可。"

我说:"不问前路几何,只管埋头即可,你这还真押韵唉,哈哈。"

另一拨是一大队军人,还有一匹马!太羡慕人啦,也是从墨脱出来的。

今天的路很长,走得很吃力,到最后,感觉自己已经一点力气都没有了,已经达到崩溃的边缘了,抬脚走的每一步都是用尽了全身的力气。

下午6:00到了当让村,他们俩孩子正守着一家小卖店门口啃黄瓜呢。我不想走啦,我想在村里住下,因为天马上就要黑了,我不想摸黑走山路。可是,其他人死活不答应,非要接着走,直接进墨脱。

天很快就黑了,我们就这样顶着头灯默默地在山里深一脚浅一脚地走着,出了一片丛林,发现有一个地方塌方了,只有很窄的一线路,我想也就只有不到50公分的宽度吧,全是沙石,下面深不见底,这段路其实不长,如果状况好的话,不用一分钟就可以过,我却用了近五分钟,完全是用四肢爬过去的。

最后一段路就是让所有进墨脱的人都绝望的那段路,不停地上山,只有上没有下,每翻过一个山头,我们都会想前面那个拐弯口一过,应该就看到县城了吧?可是,每个拐弯口一过,却是另一个山头的起头。周而复始,我已经不再抱有希望了,只是麻木地走着。

就在一抬头间,眼前立着一块大招牌"学习帮你成栋梁,教育助你奔小康,墨脱县人民政府",我的眼睛一亮,太励志了。

墨脱到了,山的对面有一闪一闪的灯光,是在向我打招呼,我激动啊,赶紧点着头(因为是戴着头灯啊)回应着。县城的水泥路面让我们走路变成一瘸一拐的，好平，走起来反而让我们不太习惯了。

县城的饭菜真好吃啊，热水澡洗着真舒服啊！可是，我在鞋子里发现了蚂蟥，一路上我一直庆幸自己没被咬，也算是完美地走过墨脱了。

雪山怀抱里的宠儿

当我脚下踩着墨脱的土地时，心里那份奇妙的感觉，实在难以形容。

我们九个人，情不自禁地手拉手，围成一个圈跳起了舞。

墨脱——藏传佛教徒们称之"白隅白马岗"，意为"隐秘的莲花"。

18世纪开始大量门巴和康区藏民为逃避战乱翻山越岭寻找到这里，在高原连绵的群山环绕之中，它的确像一朵寂静的莲花隐藏在深奥的峡谷，与世隔绝。

崇山峻岭保护着它，在悠长的岁月中独善其身。

正因为与世隔绝，正因为难以抵达，正因为这份神秘，一些人不畏艰险披荆斩棘来此一游，只为看一看这最后的一方净土。被誉为莲花的墨脱，在他们心中，是值得千难万险到达的地方；而在另一些人的眼里，它只是个连名字都不曾听说的小山村，也根本没有到达的必要，因为路途遥远也没有任何景点可供游览。

可是现在，这朵隐秘的莲花就在我的眼前，就在我的脚下。

远处环绕着的莲花状的寂静群山、县城四周那片郁郁葱葱的农田，是洁净原始的农耕气息。这里的蓝天和阴霾出现在同一片天空，山脚下的云雾仿佛就要飘落下来，仿佛挥挥衣袖就可以带走……

它们成为我最爱凝视的景象，无论过去多少年，都是永恒而无法被人类篡改的诗篇——想来远古的藏民迁居至此时，翠绿的农庄，粉白的桃花，水墨山川映衬着皑皑雪峰，该是怎样美好的景象！一定就是这幅天堂般的图画，让他们决定

永远留在了这个与世隔绝的地方吧。

除了原始的气息之外,墨脱也有了被慢慢催生出的文明。

墨脱县城很小,但已经五脏俱全,并不像传说中那样只有一排简陋的农舍。

街道、广场、医院,甚至在建的商场和公寓已经显现出发展中的城市雏形,邮电局、宾馆、饭店甚至KTV,让这个深山里的小县城慢慢地拥有俗世的气息。

但是,因为交通如此不便,墨脱的物价却是出奇的贵。

墨脱县城只有一条环形路,水泥铺就而成。

连日来,我们九个人,跋山涉水,披荆斩棘,在根本就不叫路的路上赶路。突然一下子,脚下平整了,一下子走在这么好的路面上还真有点儿不适应。

与路上碰到的四个人分手后,我和夏米,还有另外三个男孩儿在墨脱的小县城瞎逛着。天渐渐黑了,便走到一家叫作红太阳歌舞楼上的一家客栈。

搁下行李,找到一家湖南菜馆,老板很爽快,砍价也不用怎么费劲,关键是,对于我们这些爱旅游的食客来说,味道是最重要的。

上菜特别快,一大桌喷香的炒菜让我们兴奋得完全不顾吃相,风卷残云般一扫而空。这两天真的太亏待自己那张嘴了,所以大家都有着强烈的补偿心理。最终结果是,五个人都撑得挺在了椅子上不能动弹。享受了一会儿酒足饭饱的感觉,我第一个从饭馆跑出来消食,顺便逛逛这个巴掌大的小镇。还别说,这里真是设施齐全，歌舞厅蛮大，洗浴桑拿也有好几家，商店、饭店选择余地也很大，我们感叹，终于算是进城了，虽然只是个县城。

不过，好像所有投奔墨脱而来的人，经历了路上的千难万险，真正到了墨脱，却并不做太多的停留，都是休整休整便匆匆离开了。

我们也一样，补充了体力之后，便又开始返程了……

关于墨脱的一切，一定会完整地保存在我的脑海里。就像安妮宝贝说的，经历过墨脱之行，每天走在路上都在想着自己能不能走完这一程，而后平安地站在出发的地方，然后自己爱着的人的面容会像过电影一般在自己的脑海里闪回，心里充满了痛苦，我们对于旅途乃至生命，都会有全新的体会。